もののふ戦記

小者・半助の戦い

長谷川 卓

時代小説文庫

角川春樹事務所

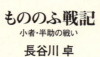

時は戦国――。

天文《てんぶん》十年（一五四一）、甲斐国主《かいこくしゅ》である父・武田信虎《たけだのぶとら》を駿府《すんぷ》に追った武田晴信《はるのぶ》（後の信玄《しんげん》）は、自ら国主の座に就《つ》くと、翌天文十一年、隣国諏訪《りんごくすわ》に侵攻《しんこう》した。

晴信は、高遠《たかとお》城、福与《ふくよ》城、龍《りゅう》ヶ崎《さき》城などを攻め落とし、伊奈《いな》の北部を掌中《しょうちゅう》に収め、更《さら》に相前後して、佐久《さく》を攻めた。南佐久の大井《おおい》氏（居城・長窪《ながくぼ》城）、北佐久の笠原《かさはら》氏（居城・志賀《しが》城）を倒し、佐久の覇権《はけん》を握《にぎ》ろうとしていた。

その佐久は、北信濃《きたしなの》の雄《ゆう》・村上義清《むらかみよしきよ》が切り取りを始めていたところであった。佐久を巡《めぐ》り、村上義清と晴信は、天文十七年（一五四八）二月に上田原《うえだはら》で相見《あいまみ》える。

晴信はここで大敗を喫《きっ》し、ために反武田勢力の巻き返しに遭《あ》うのだが、中信濃を支配していた小笠原長時《おがさわらながとき》を塩尻峠《しおじりとうげ》の戦いで破ったことで、再び勢いを取り戻す。

敗走した小笠原氏をその居城・林《はやし》城に追い、支城の村井《むらい》城を落とした晴信は、城将に侍隊将の馬場民部《ばばみんぶ》を置き、小笠原勢の動きを封じた。

そして天文十九年（一五五〇）六月十五日。林城のある筑摩《ちくま》郡侵攻の陣触《じんぶ》れを発した――。

目次

主要登場人物

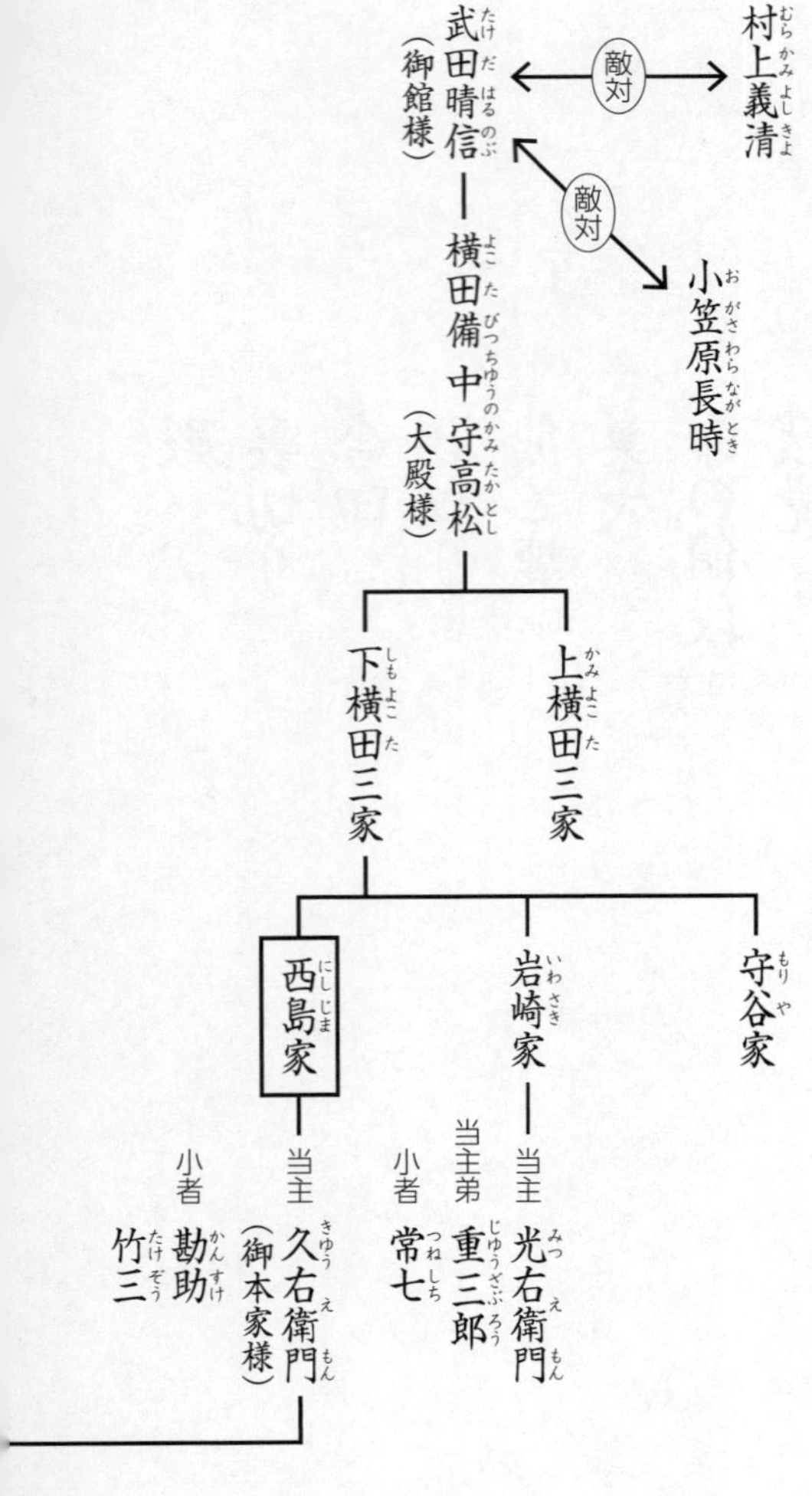
村上義清《むらかみよしきよ》
敵対
武田晴信《たけだはるのぶ》
（御館様）
敵対
小笠原長時《おがさわらながとき》
横田備中守高松《よこたびっちゅうのかみたかとし》
（大殿様）
上横田《かみよこた》三家
下横田《しもよこた》三家
守谷《もりや》家
岩崎《いわさき》家
西島《にしじま》家
当主
光右衛門《みつえもん》
当主弟
重三郎《じゅうざぶろう》
小者
常七《つねしち》
当主
久右衛門《きゅうえもん》
（御本家様）
小者
勘助《かんすけ》
竹三《たけぞう》

西島家親類衆

尾中《おなか》家
当主 又左衛門《またざえもん》
小者 甚作《じんさく》
太吉《たきち》

二橋《にはし》家
当主 七五郎《しちごろう》
小者 五郎兵衛《ごろべえ》

雨宮《あまみや》家
当主 佐兵衛《さへえ》
小者 半助《はんすけ》

父 筍庵《じゅんあん》
妻 苗《なえ》
娘 花《はな》

雨宮家雑兵《ぞうひょう》 岩次郎《いわじろう》
作蔵《さくぞう》
駒吉《こまきち》

手明《てあき》 釜吉《かまきち》
権爺《ごんじい》
貞松《さだまつ》

田所《たどころ》家
当主 次郎左《じろうざ》
小者 喜八《きはち》

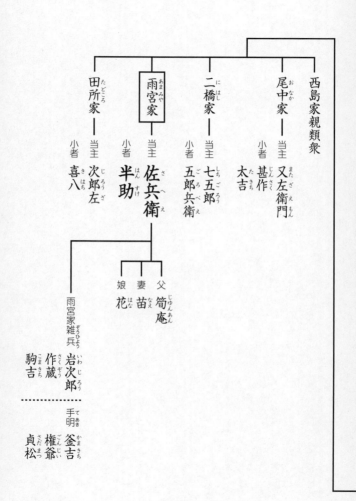

もののふ戦記　小者・半助の戦い

陣触れ

六月十五日。

甲斐《かい》府中にある躑躅《つつじ》ヶ崎館《さきやかた》で開かれた軍評定《いくさひょうじょう》で、晴信《はるのぶ》から重臣らに陣触《じんぶ》れの命が下った。

陣触れの太鼓《たいこ》が鳴り響く中、郭内《かくない》に屋敷《やしき》を持つ者、郭外《かくがい》に屋敷を持つ者らが、戦仕《いくさじ》度《たく》のため、屋敷に急いでいた。走る者、馬の腹を蹴《け》る者で、郭《くるわ》の内外は騒然《そうぜん》となっていた。

舞《ま》い上がる土埃《つちぼこり》を浴びながら、横田備中守《よこたびっちゅうのかみ》高松《たかとし》が叫《さけ》ぶように言った。

「よいのう。血が滾《たぎ》るのう」

武田《たけだ》二十四将のひとり、勇猛《ゆうもう》で鳴らす横田備中の屋敷は、大手門に臨む地にあった。先代（信虎《のぶとら》）から武田家に仕え、戦働《いくさばたら》きで俸禄《ほうろく》三千貫文《かんもん》、足軽《あしがる》隊将に上り詰めてきた武将である。

横田備中は、領地のある場所から上《かみ》横田三家、下《しも》横田三家と呼ばれている横田六家の当主と主立《おもだ》った家臣らを評定の間に集め、侵攻《しんこう》先と着到《ちゃくとう》の期日を伝え、《着到状》

を渡した。着到状には、どのような武具を身に付け、武器は何を、率いる兵数は、と事細かく書かれている。それに違背《いはい》することは許されない。

六家はそれぞれ横田家から預かっている領地に駆《か》け戻り、戦仕度に取り掛かることになる。

下横田三家は、守谷《もりや》家、岩崎《いわさき》家、西島《にしじま》家からなっており、西島家の領地は、甲斐府中から乾《いぬい》（北西）の方角に一里十町（約五キロメートル）にある羽黒《はぐろ》村など十二ヶ村であった。

西島家当主・久右衛門《きゅうえもん》は、領地にある羽黒屋敷に走り馬（早馬）を使わせて陣触れを知らせると、直ちに甲斐府中を発《た》った。

着到状に書かれた兵数と武具を揃《そろ》え、期日には横田屋敷に馳《は》せ参じていなければならない。

躑躅ヶ崎館を出陣するのが七月三日である。当日寅《とら》ノ中刻（午前四時）に羽黒屋敷に兵を集め、装備に抜けがないかを調べ、卯《う》ノ中刻（午前六時）に横田屋敷に着いている。ただそれだけのことなのだが、兵糧《ひょうろう》や金瘡《きんそう》薬などを拵《こしら》えているうちに、いつも装備が調うのは期日ぎりぎりになってしまう。

久右衛門は近習《きんじゅ》とともに馬を駆った。

一里余など、大した道程《みちのり》ではない。人の歩く速度が時速四キロメートルとすれば、走る速度は四倍の時速十六キロメートル。当時の馬が人並みに走るとすれば、約二十分。四半刻《しはんとき》（三十分）足らずで着くことになる。

久右衛門が羽黒屋敷の表門を潜《くぐ》った時、丁度主立った家臣らが駆け付けたところだった。

久右衛門は、早速皆に朝からの一切を話すと、日頃《ひごろ》の鬱憤《うっぷん》を口にした。

「下横田三家と言われているにも拘《かか》わらず、守谷と岩崎両家は三百二十貫文の俸禄を得ている。然《しか》るに我が西島家は、二百八十貫文に甘んじている。何としても此度《こたび》の戦で手柄《てがら》を立て、この四十貫文の差を覆《くつがえ》してくれようぞ」

出陣の度《たび》ごとに聞かされている話だったが、久右衛門の悔《くや》しさは家臣一同よく承知していた。握《にぎ》り締《し》めた拳《こぶし》で一同が床を叩《たた》いた。

久右衛門は頷《うなず》くと、西島家が作った着到状を、家臣ひとりひとりに「遺漏《いろう》なきように」と言葉を添《そ》え、手渡した。

先《ま》ず俸禄七十二貫文の尾中《おなか》家当主・又左衛門《またざえもん》が受け取り、久右衛門の叔父《おじ》、弟ら親族衆に続いて、俸禄二十貫文の二橋《にはし》家当主・七五郎《しちごろう》が、俸禄十六貫文の雨宮《あまみや》家当主・

佐兵衛《さへえ》が着到状を受けた。

佐兵衛は三十六歳。俸禄八貫文の田所次郎左《たどころじろうざ》を待って、帰路に就いた。佐兵衛と次郎左は幼名の頃《ころ》からの友垣《ともがき》であり、屋敷も近かった。ともに屋敷と呼べるような門構えでもなければ、広くもなかったが、土地の百姓衆から見れば、屋敷であった。佐兵衛が次郎左を待ったのは、次郎左が父の葬儀《そうぎ》などで物入りがあったことから、田所家の内証《ないしょう》を案じたためだった。

「大丈夫だ。何とかなっている。ならなくなった時は縋《すが》るから、その時はよろしく頼む」

「何でも言ってくれ、と言える程の身分ではないが、本当に言ってくれよ」

「済まんな」

四つ辻《つじ》で次郎左と別れた。次郎左の一町程先に土塀《どべい》に囲まれた板葺《いたぶ》きの屋敷が見えた。田所屋敷である。

ふっと佐兵衛は息を吐《つ》いた。

雨宮家の俸禄は十六貫文である。一貫文は米一石。米一石は米二・五俵に当たる。すなわち、十六貫文は米四十俵になる。これに別途、小者《こもの》の扶持米《ふちまい》が、一日米五合、年にすると一・八石《こく》支給されている。

佐兵衛の家族は、隠居《いんきょ》した父・筍庵《じゅんあん》五十九歳と新造《しんぞう》の苗《なえ》三十歳、娘の花《はな》七歳の三人に、小者の半助《はんすけ》である。半助の食い扶持は支給されているとはいえ、家族四人と半助が暮らしてゆく諸々《もろもろ》の支出は、米四十俵から出ていることになる。

雨宮家の場合、苗と花ふたりで大人ひとり分の米を消費するとして、大人口が三つとすると、年に五・四石。凡《およ》そ十三・五俵は食べ尽くしてしまうことになる。他に出陣などの兵糧に使うので、十五俵余は消える。つまり、残りの二十五俵弱を使い、武具の修理をしたり身の回りのものを揃えるのだ。内証は苦しい。

佐兵衛の家がそれだけ苦しいのだから、俸禄が八貫文の次郎左の家はいかばかりか、と佐兵衛は思う。次郎左の二親は既《すで》にないが、新造と幼子を抱《かか》えているので、年に九俵は腹に消えるとなると、残る十一俵で暮らし向きを立てているのである。小者もひとりいる。

「お互い、手柄を立てるしかないな」

佐兵衛は口に出して呟《つぶや》くと、足を急がせた。

門の前に半助がいた。

半助は六十二歳。佐兵衛が生まれる前から雨宮家に仕えて、四十五年になる。小者は侍身分である足軽《あしがる》と違い、苗字帯刀《みょうじたいとう》は許されていない。しかし、屋敷内の仕事のみならず、佐兵衛が出陣するとなれば戦場に随行《ずいこう》し、身の回りの世話をする。それが小者の役割だった。

佐兵衛の姿が見えると駆け寄って来た。

「三人とも参っておりますです」

十六貫文の俸禄にも、五貫文に付き足軽か雑兵《ぞうひょう》ひとり、という軍役が付く。足軽は下級の武士であるが、雑兵はその都度の臨時雇いである。

雨宮の家では、百姓の次男ふたりと三男ひとりの三人、岩次郎《いわじろう》と作蔵《さくぞう》と駒吉《こまきち》に声掛けをし、戦の都度呼び寄せていた。乱戦から巧みに逃げる術《すべ》を身に付けているところが頼もしかった。若くて、腕っ節も強いので、今回も敵地での乱取《らんど》りを目論《もくろ》んでいるらしい。庭先から筍庵の声がした。

三人に乱取りで何を盗《と》ったか聞いている。鍋《なべ》、釜《かま》、小袖《こそで》に始まり、自在鉤《じざいかぎ》という言葉も聞こえた。

出迎えている苗の声で、佐兵衛の帰宅に気付いたのだろう。

「逞《たくま》しいのう。逞しいのは、頼りになる。此度も稼げよ」

筍庵は、縁先から立ち上がると佐兵衛に場所を譲《ゆず》り、座敷奥に下がった。

佐兵衛は、三人に参陣の礼を言い、七月三日寅ノ上刻（午前三時）に来るように言った。

「腰兵糧《こしびょうろう》と味噌《みそ》玉《だま》は用意しておくでな。それぞれ寝筵《ねむしろ》と鉈《なた》、竹筒《たけづつ》、股引《ももひき》に草鞋《わらじ》などは持ってきてくれ。鍋と芋茎縄《いもがらなわ》も忘れるなよ」

鍋は戦場での煮炊《にた》き用で、芋茎縄は秋に採り乾燥させておいた里芋の茎を、味噌で煮込み、干し、縄状に編んだものであった。それを腰に巻き付けておき、食べる時は切り、湯に浸《ひた》せばよかった。芋茎は百姓の保存食で、どの家にもあった。

「どこに行くのでございましょうか」岩次郎が訊《き》いた。

「小笠原長時《おがさわらながとき》を討ちに行く、と聞いている」

おうっ、と三人が笑みを浮かべ、同時に声を上げた。どうした？　佐兵衛が問うた。

「塩尻峠《しおじりとうげ》の手応《てごた》えを思い出しただ。今度は息の根を止めてやるだよ」

「それに、あそこの府中（松本）は、取り甲斐《がい》があるんでねえか」

「待て待て」と佐兵衛が言った。「その意気は買うが、何事も法度《はっと》に背いてはならぬからな」

「承知いたしております」

三人が屋敷を出ると筍庵が、勝てるとは思うが、と言った。

「油断はするなよ。殿（横田備中）は至極《しごく》落ち着かれた方だが、時として猪武者《いのししむしゃ》になられる時があるからな」

伊勢《いせ》の浪人であった横田備中は、信虎の代に武田家に仕え、槍働《やりばたら》きで伸《の》し上がった武将であった。武功を立てるためには、命を的にすることなど厭《いと》わず、戦となると先《せん》鋒《ぽう》を買って出るのが常だった。

「武士としては立派だが、命はひとつしかないでな。何ごとも、御本家様の命《めい》を待つのが賢明であろうな」

雨宮家は西島家の縁戚《えんせき》ではなかったが、久右衛門の一族が幅を利かせていたので、いつの頃からか、久右衛門を御本家様と呼ぶようになっていた。

「その御本家様ですが」

佐兵衛は、久右衛門が何としても手柄を、と言ったことを話した。

「御本家様は足るを知る、ということをわきまえぬ御方《おかた》だ。迂闊《うかつ》に乗せられぬがよいぞ。よいか。手柄を立てようなどと思わなくてよいからな。とにかく、苗と花の許《もと》に戻る。それだけを考えておるのだぞ」

「しかし、手柄を立てれば俸禄が増え、暮らし向きがよくなりましょう」

「その分、軍役もな。何事《なに》を命じられても、人の先に立つな。皆の後から付いて行き、危なくなったら逃げる。それが長生きの秘訣《ひけつ》だ。忘れるでないぞ」

済まぬな、と筍庵は言って立ち上がった。これから出陣だというのに、水を差すようで。何やら張り切って見えたので、言うてしもうたのだ。許せ。

筍庵が奥に建て増した隠居部屋に戻って行った。

湯飲みを片付けに来た苗に、聞こえたか、と訊いた。

「はい」

「どう思う？」

「旦那《だんな》様には手柄を立ててほしいとも思いますが、ご無事に帰られれば、それが一番嬉《うれ》しゅうございます」

「俺《おれ》は死なぬから案ずるな」

「はい」

佐兵衛は、半助を呼ぶと、半助と苗に着到状を見せ、読み上げた。

「明日から天気が続きそうだから、苗は糒《ほしいい》作りを始めてくれ。いつものように岩次郎らの分を含め、三日分。それに、もう二日分。こっちは俺と半助の分だ。打飼袋《うちがいぶくろ》は？」

筒に縫った底無しの袋で、薬草などを詰めた薬袋《やくたい》、火打ち石、味噌、米などを入れ、腰に巻いておくものであった。

「縫ってございます」

「小旗は？」

敵と味方を識別するために腰に付ける小旗のことだった。合印《あいじるし》と言う。戦闘に巻き込まれると落とすこともあり、少なくとも三、四枚は持ってゆくことになる。

「手抜かりなんぞ、ねえでございますだ」

「火縄《ひなわ》は？」半助に訊いた。

「一間（約一・八メートル）のを三本作ってありますだ」

「蚊《か》遣《や》りに使うことになるかもしれん。もう四本程作ってくれ」

「承知いたしましただ。後、味噌玉と金瘡薬も十分拵えるで、任せてくりょ」

「頼んだぞ」

話が終わるのを見計らっていたのだろう。一人娘の花が、廊下《ろうか》に飛び出して来た。

戦仕度

その夜から半助《はんすけ》は、厨《くりや》の囲炉裏端《いろりばた》で竹火縄《たけひなわ》作りに取り掛かった。火縄用にと枯《か》らしておいた竹を、研《と》いだ鉈《なた》の刃《は》で薄く削《けず》る。紙のようになった竹をよく揉《も》み、柔らかくする。それを縄状に編めば、素《す》の竹火縄が出来る。

素の竹火縄とともに、混ぜ物をした竹火縄も作る。薄く削った竹を揉むところまでは一緒だが、そこに檜《ひのき》の皮と使い古した布を解《ほど》いた糸を混ぜ込むのだ。雨の時は前者が、天気のよい時は後者の方が、火の点《つ》きも保《も》ちもいいように思い、半助は使い分けている。

竹を揉んでいると、花《はな》が見に来た。

「火縄を作っているのか」

花が、目玉をくりくり動かして、半助の手許《てもと》を見ている。

「左様でございますだ。ようご存じで」

「花もやりたい」

「もう少し大きくなられたら、お手伝いを頼みますだよ。それまでは、見て覚えていてくりょ」

「今やりたい」

花の手が伸び、竹に触れそうになった。

「ならねえですだ」

半助が遮《さえぎ》った。

「どうして駄目《だめ》なのだ？」

「お手を広げて見せてくだせえ」

花が右の掌《てのひら》を差し出すと、半助がその横に己《おのれ》の掌を並べた。

「お花様、半助の掌を左の指でつんつんと突いてみるだよ」

細い小さな指先で突いたが、凹《へこ》みもしない。

「固いだか？」

花が頷《うなず》いた。

「このくらい固い掌にならねえと、棘《とげ》が刺さってしまうだよ。竹は棘が刺さり易《やす》いで、今は見るだけにしておかねばならねえだ」

「その火縄は誰《だれ》が考えたのだ？　半助か」

「おらはそんなに賢くねえだよ。誰が考えたんだか、分からねえけんど、小さい頃《ころ》に、こうして作るもんだと教わっただ」

お花様は、竹の火縄を考えた人は賢いと思うだか。半助が訊《き》いた。

「とてもえらいと思う」

思わず笑い声を上げていると、苗《なえ》が花を呼びに来た。寝る刻限になったのだ。

「半助の邪魔をしてはいけませんよ」

火縄の出来るところを見ていたのだ、と花が答えている。

「おとなしくご覧になっておいでででした」

「手伝う、と言ったのでしょ?」苗が花に訊いた。

「棘を刺すから駄目だって」

「寝れば大きくなります。大きくなれば、丈夫になって手伝えますよ。分かったら、さっ、寝ましょう」

囲炉裏の火の始末を半助に言い付け、苗は花を連れて奥に消えた。

半助はそれから四半刻《しはんとき》(三十分)程竹火縄を綯《な》い、火を落とした。薪《たきぎ》を無駄《むだ》に使うことは出来ない。後は明日、日が昇ってから続ければいい。

六月十六日。

寅《とら》ノ中刻（午前四時）。半助は蟬時雨《せみしぐれ》で目を覚ました。蟬は一頻《ひとしき》り鳴くと、満足したのか、静かになった。半助も目を閉じ、半刻の眠りに就《つ》いた。

いつものように卯《う》ノ上刻（午前五時）を過ぎた頃に、再び目を覚ました。暗い。まだ日が昇るまでに半刻（一時間）近くある。

厨に続く三畳の小部屋で、半助は寝起きしている。板の間に筵《むしろ》を敷き、ごろりと寝ているのである。冬場になると継《つ》ぎ接《は》ぎだらけの小袖《こそで》を掛けて寝るのだが、夏場ゆえ何も掛けてはいない。百姓の三男に生まれ、雨宮家に来るまでは藁《わら》に包《くる》まって寝ていた身には、筵を敷き、小袖を掛けて寝るのは贅沢《ぜいたく》なことであった。

そろりと起き、引き戸を開けて厨に出、囲炉裏端に置いてある火打ち箱を引き寄せる。何年と続けていることである。闇《やみ》の中でも物の在処《ありか》は分かった。

切り火を艾《もぐさ》に落として火種を作り、付木《つけぎ》を燃やし、小枝に火を移す。薪を組み、水を入れた鍋《なべ》を自在鉤《じざいかぎ》に掛ける。湯が沸《わ》くのを待っていると、苗が起き出して来る。

やがて山の端《は》が白み、手許《てもと》が見えてきた。井戸端で顔を洗い、口を漱《すす》ぎ、掌を合わせ、一日の無事を祈り、半助は作業に移る。朝餉《あさげ》前にすること。昼餉《ひるげ》までにすること。日が沈むまでにすることを思い浮かべ、ひとつひとつこなしてゆく。

厨の外に、石を組み合わせた竈《かまど》がある。鍋に水を注《さ》して置き、囲炉裏から火種を移し、焚《た》き付ける。煮立《にた》ったところで、摘《つ》んで干しておいた忍冬《すいかずら》と弟切草《おとぎりそう》の葉を煎《せん》じ、小布《こぎれ》を落とす。忍冬と弟切草には血止めの薬効があった。

小布を煎じ薬に浸《ひた》している間に、縁台の上に筵を敷き、竹筒《たけづつ》に分けて作り置きしておいた干した薬草を広げ、天日で干す。男郎花《おとこえし》と石蕗《つわぶき》の根は毒消しに、接骨木《にわとこ》の葉と猪独活《ししうど》の根は熱冷ましに、吾亦紅《われもこう》の根と満作《まんさく》の葉は下り腹に効いた。

小布を鍋から引き上げ、張っておいた藁縄《わらなわ》に掛けて干し、次の小布を鍋に落とす。乾いたらまた鍋に入れ、煎じ薬に浸し、それを四度繰り返し、干し上げるのだ。戦場で手傷を負った時、小布を貼《は》り付ければ、取り敢《あ》えずの手当になった。二橋《にはし》家の小者《こもの》の五郎兵衛《ごろべえ》は、血止めは黐《もち》の木の葉を煎じたものが一番だと言うが、半助は忍冬と弟切草の方が効くと信じていた。

苗に呼ばれ、朝餉を摂《と》る。半助の膳《ぜん》は、土間の框《かまち》に置かれていた。春に採った石蕗の葉を醤醢《ひしお》で煮染めたものを混ぜ込んだ稗《ひえ》と玄米の雑炊《ぞうすい》に犬莧《いぬびゆ》の葉の味噌汁《みそしる》と森薊《もりあざみ》の根の味噌漬《づ》けである。

土間に片足を突いて框に腰を下ろすと、掌を合わせ、食べ始める。早い。口が動き、動いている間に箸《はし》が膳部《ぜんぶ》と口を往復し、その間目は外の竈に向いている。

椀《わん》の残りを啜《すす》り込みながら立ち上がると、洗い桶《おけ》に水を注し、藁束《わらたば》で椀を洗って笊《ざる》に入れ、煎じ薬に浸した小布の始末をし、干している薬草の湿り気がなくなったかどうか具合を見る。

厨で水音がした。佐兵衛《さへえ》らの朝餉が済んだのだ。苗が糒《ほしいい》作りを始めてもいいか、と半助に訊いた。甑《こしき》で蒸し上げた強飯《こわめし》を、二日か三日掛けてからからに干さなければならない。半助は、薬草を広げた縁台を横にずらし、日当たりのよいところに、もうひとつ縁台を置き、糒用のきれいな筵を広げた。

二升《しょう》の強飯が蒸し上がった。苗が手早く水でぬめりを洗い落とし、半助に渡す。受け取った半助は、飯粒を筵に広げる。それを数度繰り返して、この日の分はよしとした。

佐兵衛と半助、それに岩次郎《いわじろう》ら三人を加え、計五人。それぞれが三日分と佐兵衛らのをもう二日分。一日五合として、九升五合。つまり約一斗《と》の糒を作らねばならないのだ。

一日に二升ずつ蒸し、三日掛けて干すとしても、雨や曇りの日もある。延べ十二、三日は見ておかねばならないだろう。生乾きだと、黴《かび》が生え、食べられなくなってしまう。

日差しが強くなってきた。半助が汗だくになりながら、糒と薬湯と薬草の間を動き回っていると、筍庵《じゅんあん》が花を連れて、釣《つ》り竿《ざお》と魚籠《びく》を手にして出て来た。

「何ぞ菜《さい》の足しになるものを釣って来るでな。楽しみにしておれよ」

「行ってなさいやし」

半助は手を止め、頭を下げ、見送り、再び竈と縁台の行き来を始める。

佐兵衛は、鎧櫃《よろいびつ》から頭形兜《ずなりかぶと》と胴丸と籠手《こて》や脛当《すねあて》などを取り出し、磨いている。

父上は手柄《てがら》など立てなくともよい、と仰《おお》せだが、

「そうもゆくまいよ」

思わず口に出してしまったのを苗に聞かれたらしい。怪訝《けげん》な顔をしている。

「次郎左《じろうざ》のことを考えていたのだ」と佐兵衛は、思いとは別のことを言った。「戦仕度《いくさじ》度《たく》が大変であろう、とな」

「でしたら、糒を差し上げたらいかがでしょうか。田所《たどころ》様のところは？」

「次郎左と喜八《きはち》に、誰ぞ軍役分ひとりの三人だから、四升五合あればいい」

「それくらいなら、何とかなりますが」

「そうか。済まぬな。明日にでも、いや、これから行って来る。よいのだな？」

「はい。では半助に、そのように伝えておきます」

佐兵衛が表から飛び出して行った。

唖然《あぜん》として見送っていた半助を、厨の中から苗が呼んだ。

昼餉に、筍庵が釣ってきたうぐいの塩焼きが付いた。残りは煮魚になるらしい。

夜、蟬が引き戸にぶつかり、じじっと鳴いて落ちた。

その音を聞き、筍庵は、夏か、と夏の戦を思い、佐兵衛は猪武者という言葉を思い出し、苗は開けてある障子から蟬が入らぬかと気を揉み、花は蟬が痛かろうと案じていたが、半助は深い眠りの底にいた。


六月十七日。

翌日も晴れたので、糒作りと血止めの小布作りをした。小布を干す作業は昼餉までに終え、五つの薬袋《やくたい》に詰めた。昨日作った最初の糒は、明日中に干し上がる。今日のは、後二日干せば出来上がる。順繰りに出来上がってゆくのを見守るのは楽しい仕事であった。

「半助」

夕方、筍庵が西の空を見て、左の腿《もも》を摩《さす》りながら、おかしいぞ、と言った。

「来るぞ」

雨になる、と言っているのだ。筍庵の左足には古傷があり、雨雲が近付くと痛むのだそうだ。西の空に目立った雨雲はなかったが、筍庵の読みが当たるのを、半助は何度も見ていた。

横田備中《よこたびっちゅう》の陣営に三人、雨を読む者がいた。それぞれ、何とかの古傷と呼ばれ、明日はどうだ、と訊かれたものだった。筍庵のは「佐兵衛の古傷」と言われていた。古傷の三人は、皆隠居の身になっている。

「実《まこと》でございますか」

筵に広げた強飯を見た。昨日のも今日のも、まだ水気を含んでいる。

「黴させると大変ですだ。おらは、今夜は厨で寝ることにしますだ」

強飯を団扇《うちわ》で扇《あお》いだり、返したりしなければならない。何度もやったことだった。

「苦労だが、頼む。仕舞うのを手伝うぞ」

ふたりで筵の両端を持ち、厨の床に置いた。

「降り続かぬとよいがな」筍庵が言った。

「まだ日にちはあるだで、任してくりょ。それに、雨なら雨でやることはいっぺえあるだよ。明日は火縄を編み上げてしまいますだ」

「芋茎縄は？」

「一日か二日で干し上げたいで、雨が止《や》んだら取り掛かることにいたしますだ」

「半助の芋茎は美味《うま》かったな。湯を掛けただけで、いい味噌汁になったものだ」

「よく褒《ほ》めていただきましただ」

「粉山椒《こさんしょう》を入れたのがよかったのだな」

「それと、少なくとも五度は、煮る、干す、を繰り返したで、よく染みたんでねえかと思いますだ」

半助が思い付いたように訊いた。

「御隠居様の分も作りますか」

「政之助《まさのすけ》が戻るまで、儂《わし》らも飲むとするかな」

政之助は当代佐兵衛の通り名であった。

「承知しましただ」

雨は夜更けてから降り始め、翌日は一日中降り続け、その次の日に上がった。

日が射《さ》したので、生乾きの強飯を干し上げながら、半助と苗は再び糒作りに取り掛かった。四升五合増えたことで、大忙しになったのだ。

強飯が蒸し上がるまでに、厨の引き戸を外して、その上に筵を敷き、縁台の横に並べた。強飯を干す場所を広げたのだ。これで、一度に三升の強飯が干せる。

盛大な湯気を上げ、蒸した強飯が来た。筵に広げ、ひょいひょいと隣の縁台に移り、乾き具合を見る。今日の日差しで、順調に仕上がっている。

吊《つる》し干しにしていた芋茎を鍋に入れ、煮含め、また吊す。蠅《はえ》がたからないように見張りながら、強飯に風を入れる。

昼餉になった。うぐいの煮付けだった。やはり、魚は美味い。舐《な》めるように食べ、続きを始める。

強飯と芋茎を往復しているうちに日が傾き始めた。台にしていた戸をそろりと持ち上げ、厨に運び、縁台も芋茎も仕舞い、戸を立て、芋茎を縄に綯《な》い始めた。雑作もない仕事だった。

花が来、苗に連れ戻された。生乾きの飯粒に風を入れ、囲炉裏の火を落とした。屋敷内が寝静まった頃、かさこそという鼠《ねずみ》の脚音《あしおと》が聞こえた。半助は飛び起き、気配を探った。

鼠なんぞに食われて堪《たま》るけ。

木っ端《こっぱ》を枕許《まくらもと》に置き、脚音がする度に投げ付けた。

出陣

翌日、夕方に通り雨があったが、それからは晴れが続いている。

味噌《みそ》を焼いて焼味噌にしたものを丸め、味噌玉も作った。塩も焼いて堅塩《かたしお》にした。草鞋《わらじ》も、念入りに丈夫なものを編んだ。六月の末までにはすべて仕度が調った。

並べて見ると、毎度のことだが、大層な量になった。

腰兵糧《こしびょうろう》が三日分。参陣しても米や味噌が配られるのは四日目からで、それまでの三日間は持参の飯でしのいでいなければならない。そのための兵糧だった。佐兵衛《さへえ》と半助《はんすけ》は、戦場で隊とはぐれた場合や、兵糧を積んだ小荷駄《こにだ》が来ない場合に備え、もう二日分持ってゆくのである。

煮炊《にた》きをする鍋《なべ》。その他、雨に打たれた時のために、換えの股引《ももひき》と小袖《こそで》と褌《ふんどし》。油紙。火縄《ひなわ》。火打ち道具。薬草や金瘡《きんそう》薬を詰めた薬袋《やくたい》。紙、筆などとそれらを入れる打飼袋《うちがいぶくろ》。腰に巻いておく芋茎縄《いもがらなわ》。腰に下げる竹筒《たけづつ》（水筒）に鉈《なた》に鎌《かま》。巻いて背負う寝筵《ねむしろ》。首から下げる兵糧袋などである。兵糧袋は兵糧専用の打飼袋のことで、一食分の餅《もち》やら糒《ほしいい》を入れ、前後を紐《ひも》で結び、それが数日分になると、一食が一玉になった数珠《じゅず》を下げているように見える袋である。

佐兵衛は徒士《かち》兵として参陣し、武具のみを身に付けているので、これらの品はすべて、兵力外の小者《こもの》、つまり主《あるじ》の世話役として参陣する半助が持つことになる。だが、世話役であろうとなかろうと、襲われれば戦わなければならず、また逃げ足も速くなくてはならない。それがために、四十を過ぎた年の者は少なく、半助は例外のひとりだということになる。

それを案じたのか、万々が一の時に助かる術《すべ》を教えよう、と筍庵《じゅんあん》が半助を庭に呼び出した。二日前のことになる。長さ一間余（約二メートル）の竹を半助に持たせ、己は心張《しんば》り棒《ぼう》を手にして立った。

「追っ手に追われた時はどうする？」

「逃げますだ」

「そうだ。逃げるのが一番だ。とは言え、相手が多い時は、いかんともし難《がた》い。諦《あきら》めろ」

「へえ……」

「だが、ひとりだったら？」

「勝てそうならば、戦うだ」

「どう戦う？」

「斬《き》り掛かるだ」

「では、掛かって来るがよい」

「今、でございますか」

「今だ。戦う稽古《けいこ》をしているのだからな。来い。早くせぬか」

では、と言って半助が竹槍《たけやり》を突き立てた。筍庵は素早くかわすと、竹に沿うようにして足を踏み出し、半助の頭上で心張り棒を止めた。

「そのように素直に立ち向かったのでは勝ち目はない。そこで、一戦必勝の技を教える。よいか。教えるのは今日だけだぞ」

「どうして今日だけなのでございます？」

「何度もやったのでは、儂《わし》が疲れる」

「へっ……」

「型を教えるから、後は己が鍛錬《たんれん》せい。膂力《りょりょく》を鍛《きた》えねば、技は使えぬからな」

半助が生唾《なまつば》を飲み込みながら頷《うなず》いていると、筍庵は半助の胴丸を取ってきて、付けさせた。

「狙《ねら》うのは、胴だが、なに、腕が上がらなければ、手でも足でもどこでもいい。打《ぶ》っ叩《たた》けばよい」

「そりゃ、あんまり見てくれが……」

「見てくれなどより生きることだ。ここに帰ることだ。そうではないのか」

「その通りでございますが」

「嫌《いや》なら教えぬぞ。言っておくが、儂はな、この技のお蔭《かげ》で生き残り、ここに戻って来た」

「若旦那《わかだんな》様には教えられたので？」

「編み出したばかりの時であったが、奥の座敷で一度だけ教えた。半助と同じで、半信半疑であったが、教えた。まだ使っていないようだがな」

「では、おらも覚えますだ」

「よし。掛かって来い。技を見せてやる」

うりゃうりゃと叫びながら、筍庵が心張り棒の先を上下に揺すっている。半助が筍庵目掛け、竹槍を突き立てた。心張り棒が横に走り、竹槍を払い除《の》けた。と同時に、心張り棒が即座に戻り、半助の胴丸に飛んだ。寸で止めようとしたらしいが、胴丸に当たって止まった。

半助が、うっと呻《うめ》いてうずくまった。

「大事ないか。久し振りで、ちと手許《てもと》が狂ったようだ。許せ」

ひどく打たれた訳ではなかった。止めようとした分、当たりは弱くなっていた。

「分かったか」

「これは、何度も出来ません」

「そういうことではない。こつを呑《の》み込んだか、と訊《き》いているのだ」

「とても……」

「分かるか、半助。刀というものはな……」

斬るために振る。打ち合い、離れ、また打ち合い、離れる。それでは打ち合いが長引くだけで、無駄だと思わぬか。

「へえ……。そんなものでございますだか」

「そんなものなのだ。そこで儂はな、相手の刀を払った刀で斬り返せばどうか、と考えたのだ」

受ける。払う。刀を返し、斬り掛かる。それを止《や》め、払った刀の刃がどっちを向いていようが構わず、強引に引き戻し、相手に打ち付ける。上手くゆくと、相手が体勢を整える前に叩くことが出来るのだ。

「でも、刃の方でないと、相手を倒せないのではねえですか」

「殺せなくとも、逃げられればよいのだ。そこを間違えるな。逃げるための刻《とき》を稼げればよいのだからな」

「へえ……」

「もう一度、見せてやる。今度は槍と刀を交換するぞ」

笥庵は竹槍を手にすると、半助の心張り棒を払い除けた竹槍の穂先で胴を狙った。

直ぐに竹槍が戻ってくると分かっていたので、かわすことが出来た。

「避《よ》けられたら、その後、どうしたらいいので？」

「死ぬだけだ。二の太刀はない」

「へえ……」

「一発勝負だ。刀か槍を打ち合わせ、払ったら、横に振り回して斬る。胴か腿《もも》か足首か、得物《えもの》の届くところを斬る。斬ったら、直ぐ逃げる。それだけだ」

「へえ……」

「よいか。生きて帰りたければ、へえ、へえ言っていないで、振った刀を振り戻す稽古をするのだ。半助もやってみろ」

笥庵が半助の胴丸を取り上げ、身に付けている。半助がおずおずと訊いた。

「あの……」

「何だ？」

「今度の戦は危ないんでございますか」

「相手は小笠原《おがさわら》氏だ。先《ま》ず負けることはないだろう。だが、そのような時こそ、油断が生まれるでな。気になるのは、それだけだ」

「左様で……」

肩の力を抜いたところを見透かされたらしい。安堵《あんど》いたすな、と筍庵に叱《しか》られた。

「さあ、打って来い」

「ほんなら、やってみるだよ」

半助は言われたように筍庵の竹槍を払うと、心張り棒を振り戻し、胴を薙《な》いだが、棒の先は空を斬って流れた。

「駄目だ。遅い。遅過ぎる。動きが丸見えだ。それと、相手の胴を見るな。相手の目だけを見て動け。躊躇《ためら》うな。躊躇った時は、死ぬだけだぞ」

五度やり直し、六度目に筍庵の腿を打つことが出来た。

「そのこつを覚えておけ。よいな」

腿を摩《さす》っている筍庵に頭を下げ、半助はそれから半刻（一時間）程稽古をし、翌日も稽古をした。

七月一日。

佐兵衛は岩次郎《いわじろう》と作蔵《さくぞう》と駒吉《こまきち》の三人を屋敷に呼び、仕度に遺漏《いろう》はないかを訊いてから、七月三日寅《とら》ノ上刻（午前三時）に遅れることなく屋敷に来るよう申し伝えた。

この日佐兵衛自身も西島《にしじま》屋敷に罷《まか》り出、出陣の仕度が調ったことと三日に参陣することを伝え、戻っていた。

七月二日。

昼餉《ひるげ》を終えた半助が持ち物を調べ直していると、ちと手伝え、と笥庵が呼びに来た。また稽古だか、と問うと、木を植えたいのだと答えた。

「信濃柿《しなのがき》を見付けたのだ。庭に植えようではないか」

信濃柿は別名豆柿というように、小さな柿の実をびっしりと付ける喬木《きょうぼく》である。実は小さいが甘く、干し柿にすると、しみじみとした味わいがあった。だが、ふたりでは手に負えないのではないか。

「儂がそんな無茶を言うか。丈はまだ一間（約一・八メートル）もない小さいのだわ」

笥庵も佐兵衛の出陣まで間が持てないのだろう。喜んで手伝うと答えた。

ふたりで鍬《くわ》を持ち、屋敷から半町（約五十五メートル）程離れた藪《やぶ》に入った。歩いていて、ふと見付けるという場所ではない。今日のような日のために、取っておいたのだろう。

難なく掘り起こし、庭に運び、西の隅《すみ》の土を掘り、植えた。

木には向きがあるのだ、そっち向きではない、と筍庵は煩《うるさ》く講釈していたが、どうやら満足したらしい。水をたっぷりと穴に注ぎ、根の間に隙間《すきま》が出来ないように土を押し込んだ。

ふたりで泥だらけになっていると、花が見に来た。

「柿だぞ。信濃柿と言うてな。なかなかに美味《うま》いものだ」

「いつ食べられるの？」

「……やはり、八年掛かるかの？」筍庵が半助に訊いた。

「ここまで育っていますから、三年かそこらで生《な》るのではないでしょうか」

「花が十か十一になった時には食べられるらしいぞ」

「ええっ」

花が指を折って数えている。

佐兵衛が清水を浴び、髭《ひげ》を当たり、月代《さかやき》を剃《そ》った。髷《まげ》は結わず、下ろしたままひとつに結ぶ。佐兵衛に次いで筍庵と苗《なえ》と花が、最後に半助が水を浴びた。屋敷内が、俄《にわか》に張り詰めた。

日暮れには筵に横になり、丑《うし》ノ中刻（午前二時）に起き出した。半助がいつものように囲炉裏《いろり》の火を点《とも》していると佐兵衛と苗と筍庵が起きて来た。交代で顔を洗い、口を漱《すす》ぐと佐兵衛が鎧《よろい》を身に付け始めた。半助は厨《くりや》に戻り、出陣の儀式の仕度をした。正式な『三献《さんこん》の儀式』は西島家で行うので、雨宮《あまみや》家では酒だけである。土器《かわらけ》に注《つ》がれた酒を口に含み、飲み下した。

半助も身仕度に移った。胴丸を付け、打飼袋と芋茎縄を腰に巻き、竹筒と鉈を下げ、鎌を背帯に差した。後は寝筵を背負い、紙を漆《うるし》で塗り固めた陣笠《じんがさ》を被《かぶ》ればいい。

寅ノ上刻に、岩次郎と作蔵と駒吉が来た。股引を寝筵で包んだものと鍋を背に担ぎ、腰に芋茎縄を巻き、帯から竹筒と鉈と鎌を下げていた。糒と味噌玉を入れた打飼袋を渡すと、出立《しゅったつ》の刻限になった。

筍庵が半助を呼び、頼むぞ、と小声で言った。命に代えても、と答え、深く頭を下げた。

佐兵衛は奥からひとりで出て来ると見送りの筍庵に留守中のことを頼み、岩次郎に槍を持たせ、半助らを従えて屋敷を出た。出陣に際し、妻女らが門で見送るという習慣《ならい》はなかった。

星明かりの道を行くと、木立の向こうが篝火《かがりび》の炎で明るんでいる。程なくして西島家の羽黒屋敷に着いた。

佐兵衛は岩次郎に持たせていた槍を手に取り、陣場《じんば》奉行《ぶぎよう》に着到状を差し出した。軍役に適《かな》うか調べを受け、通される。

西島久《きゆう》右衛《え》門《もん》に着陣の挨拶《あいさつ》をすると、佐兵衛らは散り散りになった。佐兵衛は出陣式に出るために奥へ向かい、半助は佐兵衛の槍を預かり、小者らが控える庭の片隅へ、岩次郎らは軍奉行《いくさぶぎよう》配下の者に連れられて、別の隅の方にいなくなった。足軽隊《あしがるたい》に組み込まれて移動し、横田《よこた》家で配属先に回されるのである。陣中で何かの拍子に出会うか、探しでもしなければ、このまま戦が終わるまで会えないことの方が多い。

名を呼ばれ振り向くと、二橋《にはし》家の五郎兵衛《ごろべえ》だった。半助と同じように打飼袋などを身体中《からだじゆう》に巻き付け、主の槍を手にしていた。これから何かと助け合わなければならない。丁寧《ていねい》に挨拶を交わした。皆と少し離れたところでお辞儀をする者がいた。田所《たどころ》家の喜八《きはち》だった。半助らがあれこれと身に付けているのに対し、持ち物が少ないせいか、ほっそりとして見えた。槍と打飼袋を腰に巻いていなければ、手明《てあき》と見間違えてしまうだろう。

手明とは、着の身着のままで三日分の腰兵糧と水だけを持ち、雑兵《ぞうひょう》として参陣してくる百姓らである。武具を身に付けていないところから、手明と呼ばれていた。その者らは、半助ら小者が集められている隣にいた。

手明のひとりが半助に気付き、声を掛けて来た。羽黒《はぐろ》村の釜吉《かまきち》だった。釜吉は三十八歳、何度戦に臨んでも手傷ひとつ負わないところから、死なずの釜吉と言われていた。

その横にいたのは、減らしの権爺《ごんじい》。爺と呼ばれていたが、半助より四歳若い五十八だった。雑兵は十五から六十まで受け付けられた。権爺は、陣に加われば飯が食えるからと、口減らしのために参陣しているのだが、大工仕事も器用にこなす腕があった。

「隊将もいるだよ」

権爺が言うより早く、貞松《さだまつ》が顔を出し、にっと笑った。おら、手柄《てがら》を立てて侍になる、末は隊将だ、が口癖の男だった。母親が貞《さだ》、父親が松助《まつすけ》。で、貞松。二十二歳。羽黒村にある松蔭寺《しょういんじ》の住職が名付けたらしいが、筍庵に言わせると「ひどい手抜きだ。何も考えておらん」ということになる。

西島家と尾中《おなか》家の小者が、小笠原相手なら、軽くひねれる、と小声で話している。

半助自身そのように思うが、皆がそれを口にすると、筍庵様が仰《おっ》しゃったように、油断に結び付くような気がしたので、敢《あ》えて口を噤《つぐ》んでいた。

御屋敷《おやしき》から甲冑《かっちゅう》姿の武将らが姿を現した。出陣式を終えたのだ。

御本家様が、庭に集まっている半助ら全員に向け、大声で皆の奮闘《ふんとう》を期待する旨《むね》の言葉を発し、馬に乗った。

出陣である。

御本家様である久右衛門を先頭に、騎馬武者八騎、次いで佐兵衛ら徒士《かち》の武者、旗《はた》指物《さしもの》を持った者、弓二張、槍十六本、鉄砲《てっぽう》二挺《ちょう》を担いだ足軽らが行き、後ろに手明の雑兵二十人に馬丁《ばてい》と半助ら小者が続いた。合わせると百人を超す隊列である。

甲斐《かい》府中に入り、横田屋敷の大手門の前に行き着いた時、日が昇ってきた。終夜焚《た》かれていた篝火が燃え尽きようとしていた。

梢《こずえ》の間から、光が斜めに射《さ》している。

兜《かぶと》に、甲冑に、槍の穂先に光が当たり、跳ねている。

ざくざくと響いていた足音が止まった。半助は心の中で無事に帰れるよう祈った。

目の前に躑躅《つつじ》ヶ崎館《さきやかた》が広がっていた。広い。使いに出されたら迷ってしまう広さである。

横田家の陣場奉行に着到状《ちゃくとうじょう》を出しているらしい。それらしい口上が微《かす》かに聞こえてきた。やがて列が動き出し、半助も横田屋敷の門を潜《くぐ》った。

佐兵衛らが招じられて屋敷奥に向かった。また出陣式を行うのだ。

横田家と西島家の軍奉行配下の者が、足軽と雑兵を前に並ばせている。岩次郎らが進み出た。

足軽は、それぞれ弓隊、槍隊、鉄砲隊に振り分けられ、横田家の兵に従って三方に散って行った。次いで雑兵の振り分けになった。

動きのよさそうな者、腕力のありそうな者が引き抜かれている。切り取り隊に回されるのだ。田畑の作物を盗む刈田《かりた》狼藉《ろうぜき》や、家に押し入り、略奪《りゃくだつ》し、殺し、放火する焼き働きが任務である。半助が首を伸ばして見ていると、岩次郎、作蔵、駒吉が引き抜かれていた。

残っている雑兵の顔を眺め回していた配下の者が、それぞれを横田家の小荷駄隊と小屋懸け隊と黒鍬《くろくわ》隊に振り分けている。

小荷駄隊は、襲われることがあるので、切り取り隊と同様、具足や武器を貸し出される。小屋懸け隊は、戦地での小屋作りなど大工仕事なので、腕に覚えのある権爺が配された。黒鍬隊は、陣地の設営、架橋などの他、討死した者の埋葬や厠《かわや》の穴掘りなどもあるため、力のある貞松と釜吉が就《つ》いた。

やがて西島久右衛門や佐兵衛らが屋敷から出て来ると、隊列を組んで躑躅ヶ崎館に向かった。主立った武将らが大手門から入って行った。

半刻程待っていると、横田備中を先頭に上横田三家に続き、守谷《もりや》、岩崎《いわさき》、西島の下横田三家の当主が馬に乗り、先陣を切って戻ってきた。

おうっ、と横田家中の武者らが声を上げた。前軍《ぜんぐん》を仰せ付かったのだ。武勇の家である横田家は、戦場においては常に先鋒《せんぽう》なのだが、行軍も前軍に配せられるのは無人の荒野を行くようで気持ちがよかった。

今夜は若神子《わかみこ》館泊まりらしい、という話が西島家の小者の勘助《かんすけ》から伝わってきた。御本家様から出た話なら信用が置けた。恐らく今朝方耳にしたのだろう。小者にまで行き先の知らせは来ないが、松本平《まつもとだいら》に向かうのなら、若神子館、上原《うえはら》館と泊まり継いで行くことは容易《たやす》く予想出来た。

若神子館までは、六里と十三町（約二十五キロメートル）である。

先触れの法螺《ほら》貝《がい》や太鼓が鳴り始めている。先頭が動き出した。

「楽勝ってもんずら」

五郎兵衛が汚れの浮いた顔をほころばせて歩き始めた。

半助も、帰還に続く一歩を踏み出した。


行軍を始めて一里二十八町（約七キロメートル）、二里に満たなかったが、島の湯《しまゆ》に着いたところで軍の歩みが止まった。暫《しば》しの休みを取るらしい。

陣場奉行配下の者が、それぞれの隊ごとに定められた場所へ誘導するため、走り回っている。

「こりゃ、ぜんぶで何人になるだ？」五郎兵衛が半助に訊いた。

行軍中に振り返って見たが、果てが見えなかった。恐らく万に近い人数ではないか、と答えていると、

「七千だっちゅう話ずら」と尾中家の小者・甚作《じんさく》が言った。

「それが一日五合の飯を食うんだ。まとめたら大変な量になるだ」やはり尾中家の小者の太吉《たきち》が言った。

「食うだけならいいが、一度に糞《くそ》してみろ。糞の山が出来るずら」五郎兵衛だった。

笑い合っているうちに、横田備中隊に割り当てられた場所に着いた。島の湯を二町

（約二百二十メートル）程通り過ぎたところだった。

半助らは急いで走って主を探し、水と干した木の実を差し出した。案の定佐兵衛は己の竹筒の水は飲み干していた。佐兵衛は美味そうに水を飲むと、ぽちりぽちりと木の実を口に入れ、田所次郎左《じろうざ》に勧めた。次郎左の指が伸び、胡桃《くるみ》を口に入れた。

半助は暫く留《とど》まった後、水場に寄り、竹筒を満たして、小者らの許《もと》に戻った。

間もなくして行軍が再開され、二里余（約八キロメートル）の韮崎《にらさき》で再び休み、若神子に向かった。若神子まで二里二十一町（約十キロメートル）。五郎兵衛ではないが、楽勝ってもんずら、であった。

途中から参陣する兵を加え、兵の数は更《さら》に多くなっている。

「まだまだだ。もっと増えるぞ」

あちこちで声がした。

未《ひつじ》ノ中刻（午後二時）に山城である若神子城を望む麓《ふもと》の館に着いた。横田備中を始めとして主立った武将らは陣所を囲む館内に泊まるのだが、佐兵衛のような下級武士は、ここではいつも館外に分散し、野天で寝ることになっていた。一夜の宿りとは言え、七千の兵が館内で寝泊まりするとなれば、厠などを掘らねばならないこともあったが、それよりもここでは、館外にあっても夜襲の恐れがなかったのである。

雨も降らず、夜露も降りず、藪蚊《やぶか》もおらず、気温がよいとなれば、野天も悪くはないが、そのようなことは滅多にない。この若神子の地でも、葉裏に身を潜《ひそ》めていた藪蚊が一家眷属《けんぞく》引き連れて襲ってきた。

半助ら小者らは、寝床を決めると、直ぐさま石を組み合わせて竈《かまど》を作り、火を焚《た》き、青葉を投じた。燻《いぶ》されて、白煙がもうもうと立ち籠《こ》め、棚引《たなび》く。虫除《むしよ》けと蚊遣《かや》りである。それを小者、足軽、雑兵らが一斉に始めるのだから、辺り一面煙で何も見えなくなる。やがて煙が消えれば、また虫も、藪蚊も押し寄せて来る。結局は虫に刺され、蚊に食われることになるのだが、敵軍の脅威のないところでは、まず虫除けと蚊遣りが最初の仕事だった。

煙が薄らいだところで、遅い昼餉《ひる》となる。鍋を竈に置き、湯を沸かし、糒を入れ、味噌玉を落とす。味噌粥《みそがゆ》が出来る。佐兵衛の椀《わん》に盛り、半助も食べる。米粒は最後の一粒まで食べ、汁は最後の一滴まで飲む。この野営地は水場が近いので洗って拭《ふ》く。

腹にゆとりが出来たところで、寝床と決めたところに寝筵を敷き、立木の枝を鉈で切って来て、頭と足の先に一本ずつ刺し、横木を渡す。それに油紙を掛け、四隅を固定すると、油紙の雨と夜露除けになる。

西島隊の合図の鉦《かね》が鳴った。佐兵衛が館内にいる御本家様の許に走り、間もなくして戻って来た。

「明日は卯《う》ノ中刻（午前六時）に発《た》つ。行き先は上原館だ」

上原館までは十里（約三十九キロメートル）。この日は六里と十三町（約二十五キロメートル）であった。諏訪《すわ》方面に向かう時には、足慣らしをしながら若神子館、上原館と泊まり継いでゆくのが常だった。

「寝る前に蚊遣りを頼む」

耳許を蚊が羽音煩く飛び回っていた。先のことがあるため、竹火縄を使うのは控えた。青葉を竈にくべる。寝てしまえば、蚊の羽音は聞こえなくなる。

身体に括《くく》り付けて持参したものを盗まれないよう、再び身体に巻き付け、寝筵に身を横たえた。佐兵衛の寝息を聞き、安堵して半助も寝る。行軍初日の疲れで、翌朝まで小便《ゆばり》にも起きずに寝た。

蟬時雨《せみしぐれ》で目を覚ました。寅ノ中刻（午前四時）だった。あちこちでごそごそと起き出す物音がしている。

半助は佐兵衛を起こすと寝筵と油紙を片付けた。雨除《あまよ》けの柱に使っていた枝を折り、雑炊《ぞうすい》の仕度をする。その間に、佐兵衛の厠を掘る。鉈で小さな穴を掘り、各人が適当に済ませ、埋めるのだ。佐兵衛が戻ると、鎧兜を身に着ける手伝いをし、糒の雑炊を椀に盛る。給仕をしながら、半助も相伴《しょうばん》をする。片付け、水を竹筒に満たして来ると、後は出立の命を待つだけである。半助もこの間に急いで穴を掘り、用を足し、胴丸を付けた。

馬丁が馬出しの方へ走って行く。出立の刻限が迫っているのだ。

横田隊の太鼓が鳴った。続いて西島の御本家様の鉦が鳴った。佐兵衛が徒士衆の許に急ぐ。半助は小者の列に加わった。二日目の行軍が始まった。

横に並んだ五郎兵衛が、

「黒鍬隊は丑ノ中刻（午前二時）に出たぞ」と言った。

上原館内に、竈と厠を作るためだと思われた。それは、上原館に数日留まることを意味していた。休めるでねえか、と話し合っている声を聞かれたのか、小者頭が振返って、半助と五郎兵衛を睨《にら》んだ。ふたりは口を噤み、以降休みになるまで黙々と歩いた。

若神子から四里十二町（約十七キロメートル）の教来石《きょうらいし》で一度目の休みを取り、次いで三里十二町（約十三キロメートル）先の御射山《みさやま》で休み、上原館に向かった。

上原館までは約三里（約十二キロメートル）。最後の上りが歩き通して来た身には辛《つら》かったが、申《さる》ノ上刻（午後三時）までには、館の大手門を潜ることが出来た。

上原館

館《やかた》の奥の座敷から、御館様《おやかた》（武田晴信《たけだはるのぶ》）、御親類衆、譜代衆と順に入り、横田備中《よこたびっちゅう》ら足軽《あしがる》隊将の家中《かちゅう》の者に割り振られるのは、館の隅《すみ》になる。ここでも序列があり、佐《さ》兵衛《へえ》のような下級武士ともなると、廊下の一角でも与えられれば上々の吉で、半助《はんすけ》ら小者《こもの》は主《あるじ》に割り当てられた場所で、主の世話をしながら縮こまって寝るのである。

まだ出陣して二日目、七月四日である。兵糧《ひょうろう》の支給はない。

半助は鍋《なべ》と水を入れる竹筒《たけづつ》に、糒《ほしいい》と味噌《みそ》玉《だま》を手にして、屋敷を出、的場《まとば》に向かった。的場は弓矢の稽古《けいこ》をするところで、その隅が、戦の折には臨時の厨《くりや》になった。厨と言っても、一町近い石組みの排水路があるだけで、そこを竈《かまど》として使い、煮炊《にた》きをするのである。備え置かれている木の枝を支柱にして、鍋を支えればよかった。屋根も付いており、雨天でも火を熾《おこ》せるようになっていた。

また、厩《うまや》近くの土塁《どるい》沿いにも石組みの排水路が設けられていた。足軽、雑兵《ぞうひょう》、小者の厠《かわや》である。こちらには屋根はない。僅《わず》かに傾斜が付けられており、一日一度黒鍬《くろくわ》隊が水を流して城外に排出して処理をした。城外には深い穴が掘られており、そこに落ちるようになっていた。黒鍬隊はこれらの用意のために早駆けしたのだ。

この厠は、籠城戦《ろうじよう》になると別の使い道があった。城外への排出口を石で塞《ふさ》いで溜《た》め置き、城を攻め立ててきた敵兵に、柄杓《ひしやく》で掬《すく》い取って、浴びせるのである。

的場にも厠近くにも、足軽や雑兵が屯《たむろ》していた。切り取り隊に配された岩次郎《いわじろう》や小屋懸け隊に配された権爺《ごんじい》を探したが、姿を見付けられなかった。

半助は先に来ていた小者らに声掛けをして、伐《き》り枝で支柱を作り、鍋を吊《つる》した。水を沸《わ》かし、糒を入れ、味噌玉を落とす。干した青菜を加え、一煮立ちしたら火から離す。持ち帰る間に、糒はすっかり柔らかくなる。

佐兵衛と膝《ひざ》をつき合わせ、椀《わん》に盛った雑炊《ぞうすい》を啜《すす》る。

日が落ちると灯《あか》りが点《とも》されるが、廊下は暗いままである。寝筵《ねむしろ》を敷き、手足を折り畳《たた》み、小さくなって眠る。寝付けないのか、ひそとした話し声がした。黙って寝ろ。怒鳴り声がし、静かになった。間もなくすると、鼾《いびき》が廊下に満ちた。

夜更《よふ》けに見回りの者の足音を聞いた。ふたりであった。うっすらと目を開けた半助の目に、影が揺れながら遠退《とおの》いて行くのが見えた。

七月五日。

寅《とら》ノ中刻（午前四時）に目覚めたが、まだ暗い。廊下の隅に置かれている網行灯《あみあんどん》の油も乏《とぼ》しくなっているらしい。鳴きじゃくる蟬《せみ》の声を聞きながら、のそりと起き上がろうとすると、まだよい、と佐兵衛が言った。

「ここ数日は動かぬと見た。身体《からだ》を休めておけ」

しかし、一度目が覚めてしまうと、寝付けないばかりでなく、上手《うま》く寝られたとしても半刻《はんとき》（一時間）足らずのことである。

「もう十分寝ましたので」

半助は起きることにした。

「そうか……」

佐兵衛はもう少し寝るらしい。目を閉じている。

半助は佐兵衛を残し、館を出た。井戸の水で顔を洗い、口を漱《すす》ぎ、混み合わないうちに、と厠で用を足し、戻ろうとすると、岩次郎と作蔵《さくぞう》と駒吉《こまきち》に出会《でくわ》した。

「博打《ばくち》、打つだか」

「他にすることねえしな」岩次郎が言った。

「後で行ってもいいだか」

「半助さんは、見るだけだからな。偶《たま》には、やらねか」作蔵だった。

「おら、てめえの裁量で使えるものは何《な》んもねえだよ」

「構わねえよ。来るといいだよ」駒吉が言った。「おらも、博打はやらねえ。減るかもしんねえかんな」

「増えもしねえでねえか」岩次郎が呆《あき》れ声で言った。

「元も子もなくなるよりいいだ」それに、と言った。「仲間内から取っても面白くねえだ」

駒吉に切り取り隊の場所を訊《き》き、別れた。館に戻る途中、大きな壺《つぼ》に火種を入れた黒鍬隊の姿を見掛けた。竈に火種を落としてゆくのである。半助は足を急がせた。何も起こりそうな気配はなかったが、朝餉《あさげ》など早く済ませてしまうに限る。

佐兵衛は起きていた。徒士衆《かち》と車座になって話している。二橋七五郎《にはししちごろう》と田所次郎左《たどころじろうざ》も、その輪に加わっていた。

半助は佐兵衛らの邪魔をしないようにと鍋に糒と味噌玉を入れ、竈のある的場に下りた。

既に小者らで一杯だった。隙間《すきま》を見付け、鍋を吊した。旧知の顔がそこここにあった。皆、ひどい戦になりそうもないと踏んでいるのか、顔が明るかった。

筍庵の言葉が脳裏を掠《かす》めた。

——油断……か。

佐兵衛とともに朝餉を終えると、急いですることはなかった。佐兵衛の許しをもらい、切り取り隊が塒《ねぐら》としている御番所《ごばんしょ》裏へ向かった。

岩次郎らは直《す》ぐに見付かった。褌《ふんどし》ひとつで博打に興じていた。

小石を放《ほう》り、それが穴に入った方が勝ちという賭《か》けだった。そうだろう、と思っていたが、賭けているのは、苗《なえ》様と半助が拵《こしら》えた糒であった。丈一寸（約三センチメートル）に伐った竹筒に擦《す》り切り一杯。勝った負けたで、やりとりを繰り返していたらしい。

作蔵がなけなしの糒をはたいて最後の賭けに出た。

握《にぎ》り締めた小石を額に押し当て、祈りの言葉を呟《つぶや》いてから、ひょいと下手から投じた。小石はふわりと上がると、きれいな弧《こ》を描いて穴に飛んだが、縁《ふち》で跳ねてしまった。あぁっと絶望的な声を上げて作蔵が頭を抱えた。

「引導渡してやるべか」

岩次郎は唇《くちびる》の間から舌の先を僅かに覗《のぞ》かせ、狙《ねら》いを定めた。小石が岩次郎の手を離れた。岩次郎と作蔵と駒吉に半助の目玉が小石を追った。小石は穴の手前で一回跳ねると、ぽとりと穴に入った。

「へへっ」と岩次郎が笑いながら言った。「まだあるべい」

作蔵には、家から持参している寝筵や鉈《なた》や股引《ももひき》の他に御貸《おか》し具足《ぐそく》が残っていた。賭けに負けてすべてを取られ、裸で戦場に出ている足軽を、半助は何度も見たことがあった。

止《や》めた方がいいだ。

言いたかったが、どちらかに味方したと思われると、後々面倒なことになるかもしれない。それを言うのは駒吉の役目だと割り切り、見守ることにした。

「やってやるだよ」

作蔵が、どれにするかと迷った末に、股引を選んだ。岩次郎は竹筒に擦り切り五杯の糒で応じた。

ふたりとも二度外し、三度目の投石で、また岩次郎が勝った。駒吉が作蔵の股引を岩次郎に投げて渡した。

「汚ねえのだな」

岩次郎が股引を品定めしているところに、足軽頭の声がした。

「集まれ」と声を張り上げている。「お役目を頂戴《ちょうだい》したぞ」

「また来る」半助は、そう言い残して、御番所裏を離れた。

足軽頭の声が背から聞こえてきた。館のある金毘羅山《こんぴらさん》を下り、河原から石を運び上げるらしい。籠城した時の投石にするか、石垣を直すのにでも使うに違いない。戦場を駆《か》けずり回ることを考えれば、ずらりと並び、石を順繰りに上げるなんぞは、岩次郎らにとっては、何でもない作業だろう。

館に戻ったが佐兵衛は廊下にはいなかった。待っていると、四半刻《しはんとき》（三十分）して帰って来た。

西島《にしじま》の御本家様が、手柄《てがら》を立てるよう、士気を鼓舞していたらしい。


七月六日。

出陣して四日目になった。この日から、米と味噌と塩が支給される。

夜が明けぬ前から、軍奉行《いくさぶぎょう》配下の組頭らが足軽に米などを持たせ、館内を駆け回っている。佐兵衛らには、武田家、横田《よこた》家、西島家、それぞれの軍奉行の手を順に経て、支給された。小者の分も足されていた。これで炊《た》き立ての飯を食べられることになる。

しかし、糒ならば湯を沸かすだけでよいが、米は炊かねばならない。野外なら何でもないことだが、館内のような場合は竈の取り合いになる。それが煩《わずら》わしいことだった。

半助は早速鍋に米を入れ、飯炊きに的場に下りた。既に小者で賑《にぎ》わっていたが、上手く場所を見付け、炊き始めた。支給された一升のうち七合五勺《しゃく》の飯を炊くのである。それを佐兵衛とふたりで朝餉に二合五勺ずつ食べ、残りの二合五勺を屯食《とんじき》(握り飯)にして昼に食う。昼は屯食を食べるだけでなく、夕餉《ゆうげ》のために二合五勺の飯を炊き、刻限が来たら食べる。そうすれば、夏場でも饐《す》えた飯を食わずに済むのである。

戦場で野営している時は、更《さら》に夜食分を炊くこともあるが、ここは上原館である。まず敵襲は考えられないので、その日の分を食べ尽くせばいい。特に朝餉は、炊き立ての姫飯《ひめいい》を焼き味噌で食べるのである。こんなご馳走《ちそう》は滅多にあるものではない。半助は咽喉《のど》を鳴らしながら飯が炊けるのを待った。

七月七日。

岩次郎らの様子を見に行くと、どうやら博打の目が変わったらしい。作蔵が物持ちになり、岩次郎が空《から》っ穴《けつ》になっていた。驚いている半助を見て、駒吉がにやにやしていた。駒吉は負けて減らすのは嫌《いや》だし、仲間内から取っても面白くねえ、と言ってふたりとは博打を打たないでいる。

「もう褌を賭けるしかねえ」岩次郎が半助に楽しげに言った。

八日になった。

朝から館の奥の方が慌《あわ》ただしい。重臣らが出入りする気配がしたかと思うと静まり、また気配が起こっていた。

「そろそろかもしれんな」

佐兵衛が二橋七五郎と田所次郎左とひそひそ話をしていると、急遽《きゅうきょ》西島の御本家様の許《もと》に呼び集められた。

半助ら小者は低頭して見送り、主の帰りを待った。半刻足らずで佐兵衛らが戻って来た。

「出陣の日取りが決まった。明後日、十日卯《う》ノ中刻（午前六時）に館を発《た》つ。行き先は村井《むらい》城だ」

村井城は、小笠原長時《おがさわらながとき》のいる林《はやし》城から二里二十九町（約十一キロメートル）の場所にある。上原《うえはら》館からは八里十五町（約三十三キロメートル）。塩尻峠《しおじりとうげ》を越せば、後は平《へい》坦《たん》な道程である。卯ノ中刻に出立すれば、未《ひつじ》ノ中刻（午後二時）には着けるだろう。

「いよいよ戦だ。半助、気を引き締めるのだぞ」

「承知いたしましたでございます」

雨は降りそうにない。半助は、佐兵衛の褌を取り替え、洗い、干した。乾くまで、干した木の下に座り、見張る。褌と手拭《てぬぐ》いは目を離せば盗まれる。それが、陣中だった。

昼餉《ひるげ》までには刻限がある。生乾きの褌を手に、御番所裏に行った。岩次郎らの姿はなかった。館と山頂にある上原城を繋《つな》ぐ道の手入れに駆り出されているらしい。雑兵や足軽に割り振られた岩次郎らは、無駄飯は食わさぬとばかりに使われるのである。それでも、飯が食えるのだから、御《おん》の字だった。

九日の夕刻、十日の分の米と味噌と塩が支給された。

半助らは丑《うし》ノ中刻（午前二時）には起き出し、飯を炊き、屯食を作った。杓文字《しゃもじ》に味噌を塗り付けて焼き、焼き味噌も作った。朝餉の分を腹に収め、昼餉と夕餉と夜食の分は、屯食に味噌を塗って焼いた。それで保《も》ちがよくなる。

仕度を調え、御本家様の命を待っていると、西島家の鉦《かね》が鳴った。館を出、決められた位置に付き、隊毎《ごと》に並ぶと、横田隊が前軍《ぜんぐん》として出立《しゅったつ》となった。

東の空が明るみ始めている。篝火《かがりび》から爆《は》ぜた火の粉が、よろよろと昇って、消えた。

村井城

隊列は諏訪《すわ》湖の北側を行き、館《やかた》から四里十二町（約十七キロメートル）の岡谷《おかや》で休み、塩尻峠《しおじりとうげ》を越え、峠を下った野で、二度目の休みを取った。村井《むらい》城まで残すは二里二十町（約十キロメートル）である。

村井城から東に一里十三町（約五・三キロメートル）には林《はやし》城の支城である埴原《はいばら》城が、北東に二里二十九町（約十一キロメートル）には林城があり、武田《たけだ》軍の動きに目を光らせている。村井城では、城将の馬場民部《ばばみんぶ》が物見《ものみ》と透波《すっぱ》を放ち、小笠原《おがさわら》勢の動向を見張っているだろうが、油断は出来ない。

この先は休みなしで村井城に向かう旨《むね》の触れが、陣中を駆けた。

出立《しゅったつ》となった。

斥候《せっこう》が出、次いで横田《よこた》隊が続いた。半助《はんすけ》らは、後尾から付いて行く。左右の藪《やぶ》に敵兵が隠れ、弓で狙《ねら》うとしても、それは隊将らであり、半助ら小者《こもの》ではないが、射掛《いか》けられる側にいるのは気持ちのいいものではない。

同じ小者でも、馬丁《ばてい》は主《あるじ》の側《そば》にいて馬の口取りをしなければならない。事ある時は、敵の矢をかわし、馬の脚蹴《あしげ》りから逃れ、戦場を脱し、戦闘《せんとう》が終われば即座に駆《か》け付け、主と馬の無事を確認する。危ない役割だった。

——旦那《だんな》様が徒士衆《かち》でよかっただよ。

と五郎兵衛《ごろべえ》が言ったことがあったが、半助も同じ思いだった。

途中塩尻の手前まで馬場民部が迎えに来、武田軍の先頭に付いた。全軍が村井城に着到《ちゃくとう》したのは、予定した刻限通りだった。しかし、七千の軍勢すべてを受け入れるには村井城は手狭であった。足軽《あしがる》、雑兵《ぞうひょう》、小者らとともに徒士衆も城外に野営となった。

即刻、隊毎《ごと》に野営地が割り振られた。半助ら小者が塒《ねぐら》を拵《こしら》え、黒鍬《くろくわ》隊が厠《かわや》用の穴を掘っている間、佐兵衛《さへえ》らは軍議に呼び出されていた。

軍議は一刻（二時間）近くに及んだ。

そろそろ軍議も終わると見込んで、あちこちで竈《かまど》に火が点《とも》された。味噌を塗っておいた屯食を焼き直し、汁を作るためである。

佐兵衛の姿を見た半助は、昼餉《ひるげ》にしてもいいか聞いてから、仕度に取り掛かった。屯食を鍋《なべ》に入れ、両側を焼いて取り出し、焼けた鍋肌に水を差し、味噌玉を落とす。直《す》ぐに味噌汁が出来た。屯食と味噌汁で遅い昼餉を終える。

「数日小笠原勢の様子を見た後、府中と埴原城を攻めることになった。我らは埴原城ろ攻めを承《うけたまわ》った」

「大戦《おおいくさ》になるのでしょうか」

「それはないだろう。敵には支城に兵を送る余裕がない。恐らく城から出て来ぬだろう。こちらとは兵の数が違うでな」

「とすると……」

「夜襲か、細作《さいさく》を送り込んで来るかもしれぬ、ということだ。我らも心しておかねばな」

「承知いたしましただ」

敵の細作を見付けるか、侵入を阻《はば》めば手柄《てがら》である。

「片目は寝てもよいが、もう片方の目は開けておけ、と大殿（横田備中《びっちゅう》）が仰《おお》せであった」

呑《の》み込めないでいる半助に、それくらい用心しろ、と仰せなのだ、と佐兵衛が言った。

「合い言葉を教えておく。『巽《たつみ》の風か』『乾《いぬい》の風だ』だ。どこぞで問われたら、そのように答えるのだぞ」

「覚えましたです」

蚊除《かよ》けに青葉を焚《た》き、夜食の後は竹火縄《たけひなわ》に火を点《つ》けた。

見回りの兵の足音を遠くに聞いているうちに眠ってしまった。

翌十一日は何事もなく過ぎ、十二日になり、夜更《よふ》けてから小笠原家が送り込んだ細作が捕まった。合い言葉を知っていたということで、新しい合い言葉になった。

『雨になるぞ』『雷《かみなり》も来るぞ』が、それだった。

細作は、首を刎《は》ねた後、埋《う》めたらしい。

十三日、武田勢と小笠原勢の物見の間で小競《こぜ》り合《あ》いがあったが、双方が引いたところから大事にはならず日が落ち、十四日の朝となった。

軍議が開かれ、明日攻撃と決まった。

一時は――。

府中を制圧した足で、夕刻から埴原城を攻め落とす、という策に決まりそうになったのだが、

――小笠原勢は最早《もはや》屍《しかばね》同然。何も全軍で動くこともなかろう。兵をふたつに分け、一隊を府中に送り、もう一隊を埴原城攻めに送るのはどうか。

という弟の典厩信繁《てんきゅうのぶしげ》の言に晴信《はるのぶ》が賛意を示したことで、軍議は終了した。典厩信繁が府中隊を引き受け、横田隊はいつものように城攻めの先鋒《せんぽう》に配された。

「岩次郎《いわじろう》らは、さぞかし張り切っていることでございましょうね」

半助は、博打《ばくち》で褌《ふんどし》ひとつになっていることを話した。

「ところがだ」

松本《まつもと》の民心を得るために、切り取り隊の放火、略奪《りゃくだつ》はなしとする、という厳命が下ったらしい。

「背《そむ》いた者は、厳しく罰するゆえ、そう心得るように、と仰せられたと聞いている」

乱取《らんど》りをしたがっている者は、埴原城攻めに加わり、城中のものを取るように言うがよいわ、と御館様は大笑いなされたそうだ。

切り取り隊は、城攻め隊に加わることになった。


七月十五日。

寅《とら》ノ中刻（午前四時）に起き出し、飯を炊き、焼き味噌で食べ、卯《う》ノ中刻（午前六時）に出陣となった。

切り取り隊は、鉄砲《てっぽう》隊、弓隊、槍《やり》隊に続く足軽隊として、半助らよりずっと前にいる。岩次郎は褌ひとつに胴丸《どうまる》を付け、漆《うるし》で塗り固めた陣笠《じんがさ》を被《かぶ》り、鉈《なた》と鎌《かま》を手にしていた。作蔵《さくぞう》と駒吉《こまきち》は野良着《のらぎ》と股引《ももひき》を付けていた。作蔵の股引の尻《しり》が破れており、尻の頬肉《ほおにく》が覗《のぞ》いていた。

埴原城までは一里十三町。半刻（一時間）の道程である。

城の大手門を遠望したところで、横田備中の陣の太鼓が鳴った。騎馬が、徒士が、足軽が走り、陣立書に示された形に隊列が組まれ始めた。半助ら小者と馬丁らは行軍の列から離れ、林に潜《もぐ》り込んだ。

右一ノ備《そなえ》、守谷《もりや》隊。左一ノ備、岩崎《いわさき》隊。右二ノ備、西島《にしじま》隊などと叫んでいる軍奉行《いくさぶぎょう》の声が、人馬の走る音の合間から聞こえて来る。

半助らは、己の主の無事を祈り、掌《てのひら》を合わせる。

土埃《つちぼこり》の彼方《かなた》で、武田軍の攻め太鼓が鳴った。先鋒隊が駆け出した。横田備中隊と日《ひ》向大和守《なたやまとのかみ》隊が、喊声《かんせい》を上げて大手門目掛けて駆け出した。

城の矢倉と土塀《どべい》の上から、黒いものが一斉に空へ飛んだ。矢である。矢は放物線を描いて落ち、楯《たて》に、地に、兵に突き刺さった。

「弓隊、前へ」

反撃が始まる。針のように見える矢が、矢倉や土塀の陰に射込《いこ》まれる。矢倉から兵が落ちた。半助らは、手にした鉈《なた》の峰《みね》で木立を叩《たた》き、歓声を上げる。

弓隊と鉄砲隊の援護を受け、楯で身を固めた兵が、太い丸太を乗せた荷車を押して駆けている。大手門にぶち当てるのだ。荷車に、城から矢の雨が降り注いでいる。丸太と楯に刺さった矢で、荷車は針山《はりやま》のように見える。

横田隊の陣から馬が一頭、駆け出して来た。武将の姿はない。黒字に赤の二本線の入った馬鎧《うまよろい》を付けている。

「あああっ」

と尾中《おなか》家の馬丁が悲鳴を上げ、駆け出した。小者の甚作《じんさく》と太吉《たきち》が続いた。

馬丁が必死になって手綱《たづな》を握り締めた。甚作と太吉が馬が走り出て来た辺りに向かって、身を屈《かが》め、遮二無二《しゃにむに》突進して行った。

「甚作っ、太吉っ」

半助らはふたりに声援を送りながら、目を凝《こ》らして己らの主の無事な姿を見付けようと探す。土埃が邪魔をして分からない。前に踏み出そうとして転がる者もいる。

甚作と足軽が、誰かを担いで戦列から抜け出して来る。尾中様に相違ない。太吉がいない。半助らは、太吉の姿を探した。後ろにはいない。右にも左にもいない。

「どこさ行っただ？」

殺《や》られたんだろか。

口には出さず、甚作らに駆け寄った。手傷を負っているのは、やはり尾中様だった。肩と足に矢が刺さっていた。深傷《ふかで》ではない。命に別状はないだろう。見ていると、足軽が、寄るな、早く僧医《そうい》殿を呼べ、と叫んだ。

僧医は医術の心得のある僧で、本陣辺りにいるはずだった。

「どこにいなさるか、おらどもには分からねえでございます」五郎兵衛が答えた。

「もうよい。役立たずめが」

足軽が尾中様に肩を貸し、本陣に向かっている。

追おうとした甚作を呼び止め、太吉はどうしたのか、訊いた。

「首ぃ矢が刺さってな……」

甚作が首を横に振った。

「そっか……」

戦が一段落するのを待って見に行くしかない。

足軽が手伝え、と怒鳴った。甚作が慌てて駆け寄っていると、城の周りのあちこちから喊声《かんせい》が上がった。

先鋒隊に城兵の目を集めているうちに、脇《わき》や搦手門《からめてもん》に回った兵が攻め立てているらしい。

火矢が飛び、矢倉に刺さった。二本、三本と続いている。引き抜こうとした敵兵に矢が当たった。火矢は数を増し、城に降り注いでいる。

「城が燃えてしまう。火矢は止《や》めい」

火矢に代わって、矢が飛んだ。

城のぐるりを取り巻いていた兵が大手門に集まり始めた。

搦手門の攻撃を手薄にすることで、敵兵に退路を開いてやったのだ。徒《いたずら》に戦闘を長引かせることを避ける策である。

間もなく戦闘は止んだが、逃げ遅れている兵がいるのか、搦手門の方で小競り合いが起こっているらしい。大手門から武田の兵が雪崩《なだ》れ込んでいる。切り取り隊もいるのだろう。

「今だ。探しに行くずら」

半助は二橋《にはし》家の五郎兵衛と田所《たどころ》家の喜八《きはち》とともに、太吉を探しに戦場に出た。負傷している兵の数は少なかった。それは一方的な勝ちを意味していた。

負傷した兵らが寄り集まり、僧医が来るのを待っていた。太吉の死体は、そこから少し離れたところで、仰向《あおむ》けになって転がっていた。首に矢が刺さっていた。

「足ならよかったのにな」

半助が太吉を見下ろしながら言った。

「いやあ、歩けねえから、手の方がいいんでねえか」五郎兵衛だった。

「首の他なら、どこでもいかったのにな」喜八が言った。

大手門から出て来る兵の姿が見えた。城に留《とど》まる兵五百を残し、村井城に引き上げるのだ。穴を掘り、太吉を埋めてやるゆとりはない。運がよければ、黒鍬隊の者に埋めてもらえるだろうが、黒鍬隊が埋めるのは武士かせいぜい足軽の一部で、雑兵や小者や、腐乱《ふらん》した死体などは捨て置かれるままだった。半助は、太吉の手を取り、胴丸の上で組ませると、掌を合わせた。五郎兵衛と喜八が半助に倣《なら》った。

攻城の兵が引き上げて来た。

半助らは横に並んで、武田勢の陣に戻って行く兵を見詰めた。佐兵衛がいた。頭のてっぺんから爪先《つまさき》まで見た。どこにも手傷など負っていなかった。ほっと安堵《あんど》の息を漏《も》らし、先回りして横田隊の陣所に戻った。本陣で勝鬨《かちどき》が上がった。

村井城に帰り着くと、間もなくして府中に送り出していた典厩信繁隊が引き上げて来た。府中の年寄り・大人衆を集め、この先小笠原と戦いになるが、武田には府中を焼くつもりもなければ、乱取りをするつもりもないことを知らせると、歓声を上げたらしい。軍議から戻った佐兵衛から聞いた話だった。

「明日は林城を攻める。出陣の刻限は今朝と同じだ」

「もう小笠原勢には後がねえですだ。追い詰められたら、何をするか。十分にお気を付けくだせえ」

「何の、向こうには武田に抗《あらが》う力は残っておらぬはず。あれば、今日城から飛び出して来ておろう。もしやすると、逃げる算段をしているのやもしれぬぞ」

「そんじゃあ、大丈夫ですだね」

笑い合い、佐兵衛と半助が遅い昼餉を食べ終えたところに、切り取り隊に配されていた岩次郎と作蔵と駒吉が戦果の知らせに来た。

三人とも、小袖《こそで》を着、胴に付けているのも御貸《おか》し具足《ぐそく》の胴丸ではなく、赤や青に染めた緒《お》を使った立派なものになっていた。

それらはすべて、死んだ敵兵から毟《むし》り取ったもので、作蔵と駒吉は褌三枚に小袖や股引を、岩次郎は褌四枚の他に小袖と刀と持槍《もちやり》を手に入れていた。

「いい土産《みやげ》が出来たでねえか」

「んだな」

半助に答えると、三人は意気揚々と隊に帰って行った。

その夜、深志《ふかし》城、岡田《おかだ》城、桐原《きりはら》城、山家《やまべ》城などの支城が降伏し、晴信に下った。

「畜生、取れねえじゃねえか」

岩次郎ら切り取り隊が地団駄を踏んだ。


七月十六日早朝。

透波の知らせを受け、物見が陣を発《た》った。

知らせとは、林城の上空を鳶《とび》が輪を描いて飛んでいたというものだった。

城から人気が消えると、鳶が舞う。これは言い慣わされたことだった。透波が城中の様子を探ったところ、兵のいる気配がなかったのだ。

物見の調べでも、やはり人気は捉《とら》えられなかった。

「小笠原長時《ながとき》め、逃げおったか」

逃げるとすれば、少し離れた城であろう。透波が林城から長時を追った。

透波のひとりが、夜明け前の道を馬で駆ける武将の一群がいたことを、土地の老爺《ろうや》から聞き出して来た。その道の先には、小笠原長時の家臣・平瀬八郎左衛門《ひらせはちろうざえもん》の城・平瀬城があった。林城から平瀬城まで三里十一町（約十三キロメートル）である。一刻半（三時間）も掛からずに着くことが出来る。

「戦わずして勝つ。これに優《まさ》る勝ちはないわ」

「いかがいたしましょうか」

使番《つかいばん》の春日源五郎《かすがげんごろう》が晴信に尋《たず》ねた。使番は伝令や軍中の監察を務めとするもので、源五郎は二年後に侍隊将となり、春日弾正忠《だんじょうのちゅう》と名乗り、やがては高坂《こうさか》の名跡を継ぐことになる切れ者であった。

「放《ほう》っておけ。彼奴《きやつ》に残っているのは、名だけで、抗う力はもうない」

この日晴信は林城を見てから、兵を分けて他の支城を落とすと、小笠原から武田へと降《くだ》る者を順次受け入れた。

そして、林城を破却し、深志城を修築するよう命じた。

林城は信濃《しなの》の守護であった小笠原氏が本城としてきた、攻めるに難《かた》い険固な山城である。それをどうして破却しなければならないのか、半助には訳が分からなかった。

佐兵衛に尋ねた。

「実を言うと、俺《おれ》も分からなかったので、御本家様に伺ったのだ。するとな」

深志城のあるところを考えてみろ、と仰せられた。

「川があり、道があるであろう」

川は沢山あった。ざっと見ても、東からは女鳥羽川《めとばがわ》と薄川《すすきがわ》が、南からは奈良井川《ならいがわ》と田川《たがわ》が流れており、道は中山道《なかせんどう》と北国《ほっこく》街道を結ぶ北国西街道、別名善光寺《ぜんこうじ》街道が、信《しん》州松本《しゅうまつもと》と越後《えちご》の糸魚川《いといがわ》を結ぶ糸魚川街道、別名千国《ちくに》街道が、また越中富山《えっちゅうとやま》と飛騨高山《ひだたかやま》を結ぶ飛騨街道、別名野麦《のむぎ》街道が松本を通っていた。

つまり、深志城のある松本平《だいら》は、交通の要衝《ようしょう》の地なのである。

「兵と荷を運ぶに、これ程よいところはない。深志城をこの地の要《かなめ》とするぞ、と仰せられたそうだ」

即座に見抜かれた御館《おやかた》様は流石《さすが》だのう、と佐兵衛がうっとりとしながら言った。

その頃《ころ》、晴信に村上義清《むらかみよしきよ》の動きを探るよう命を受けた透波と、村上方の国人《こくじん》調略《ちょうりゃく》の命を受けた真田幸隆《さなだゆきたか》が青木峠《あおきとうげ》越えの山道を駆けていた。真田幸隆は既に一年前から須田《すだ》氏、清野《きよの》氏、寺尾《てらお》氏らの調略を進めていたのだ。その仕上げに行くのである。

須田新左衛門《しんざえもん》は、北信濃の高井《たかい》郡須田郷にある須田城の城主であり、清野左衛門《さえもん》は村上家の家老職を務める家柄《いえがら》の当主であるとともに、後に海津《かいづ》城になる清野館の主であり、寺尾太郎左衛門《たろうざえもん》は千曲川《ちくまがわ》の東、善光寺平を望む尾根にある寺尾城の城主であった。これらの者が寝返れば、武田が善光寺平の喉許《のどもと》を押さえることになり、村上義清は身動きが取れなくなるはずだった。一気に攻め滅ぼすことも出来るだろう。だが、と晴信は立ち止まる。その時、邪魔になるのは、戸石《といし》城だった。

「あれを何とかせぬとな」

信濃国小県《ちいさがた》郡にある戸石城は、埴科《はにしな》郡にある村上義清の居城・葛尾《かつらお》城の支城であった。

東太郎《ひがしたろう》山から南に延びる尾根に築かれた城で、北から桝形《ますがた》城、本城、戸石城と並び、尾根を下った先にある米山《こめやま》城と合わせ、全体で戸石城と呼ばれていた。戸石城が、別名砥石《といし》城とも言われる程滑りやすい崖《がけ》の上にあったところから、四つの城の総称となっていたのである。麓《ふもと》の内小屋という地に館があり、城兵は館番と城番に分かれ、月毎に交替していた。館と崖の間には、深い木立の森があった。

葛尾城から戸石城まで、僅《わず》かに四里（約十六キロメートル）。葛尾城を攻めるにも、上田平《うえだだいら》を押さえるにも、落としておかねばならぬ城であった。

「吉報を待っているぞ」晴信が幸隆に掛けた言葉であった。

この幸隆と透波がもたらした報により、佐兵衛主従の運命が激変するのであるが、主従はまだ知らない。

　翌日、平瀬城を探っていた透波が、小笠原長時が村上義清を頼り、葛尾城に逃げたことを聞き出してきた。平瀬城から麻績《おみ》を通り、葛尾城へと駆けたらしい。葛尾城までは、十一里半（約四十五キロメートル）の道程である。

　このことは、晴信から各隊将へ、各隊将の口から、それぞれの部隊へと知らされた。

佐兵衛らの横田隊では、横田備中から西島の御本家様に、御本家様から佐兵衛らへと告げられたのである。各所で鬨の声が上がっている。佐兵衛らも、遅れじと声を上げた。

「浮かれている暇《いとま》はないぞ。それぞれの役目に就《つ》け」

　甲斐《かい》の兵は幾つかに分けられていた。手早く林城を破却し、深志城を修築しなければならないのである。府中の民百姓を多数雇い入れ、工事に就かせるのだが、敵の間《かん》者《じゃ》が混じっているかもしれない。工事の進み具合を見張るとともに、その者らの動きも警戒する必要があった。それに、まだ武田に臣従せず、抗う姿勢を見せている小笠原の残党狩りもあった。

　佐兵衛のいる横田隊は、深志城大手門内外の警備に就いた。

　半助ら小者は、深志城の大手門内に建てられた仮小屋で主が巡回を終えるのを待つ合間に、黒鍬衆《くろくわ》が使う民百姓らの見張りを仰せ付かった。陣笠《じんがさ》を被《かぶ》り、胴丸を付け、刀を腰に差し、命令を下すのは気持ちのいいものだった。一瞬自分が隊将になったような気がした。

黒鍬隊に配された隊将の貞松《さだまつ》が、目敏《めざと》く半助に気付くと、ひょいひょいと駆け寄り、おらやっぱり隊将になるだよ、人を使うのは気持ちがいいしな、と言って慌《あわ》てて戻って行った。

「知り人か」

近くで立ち番をしていた岩崎家の小者の常七《つねしち》が訊《き》いた。常七は、顔だけ見知っていた。

「隊将のことか」

「隊将……?」

「隊将になりたいと口癖《くちぐせ》のように言っているから、皆、隊将って呼んでいるだよ」

常七は畚《もっこ》担ぎの百姓に指図をしている貞松に目をくれると、あんなもの、と言った。

「なるもんじゃねえだよ。使われている方がよっぽど楽だ。第一……」と言って辺りを見回し、「しくじったら、死んでお詫《わ》びしなきゃならねえだぞ。出来るか、そんなこと」

殺されるのならまだしも、自分で命を絶つのはご免だった。恐くて出来そうもない。

「だろう？　地べたに額擦《こす》り付けて謝れば済むくらいのところにいるのが、一番いいだよ」

そうだ、そうだ、と頷《うなず》いて、互いの持ち場に戻り、四半刻《しはんとき》（三十分）程経《た》った時だった。

埋門《うずみもん》の向こうで騒ぎが起こった。騒ぎの波は大きくなり、しかも近付いてきている。

埋門の近くにいるのは常七だった。常七は半助を見てから、一歩前に踏み出した。

大手柄

頰被《ほおかむ》りをし、野良着《のらぎ》を纏《まと》った百姓が、埋門《うずみもん》を潜《くぐ》り抜け、跳ねるようにして姿を現した。覗《のぞ》き込むようにしていた常七《つねしち》が尻餅《しりもち》を突いた。

男は常七に駆《か》け寄ると顎《あご》を蹴《け》り上げ、倒れた常七の腰から刀を引き抜き、腰に差した。

次いで半助《はんすけ》に目を遣《や》ると、

「死にたくなければ、下がっておれ」

叫んで行き過ぎようとするのを、半助が遮《さえぎ》った。

「通す訳にはゆかねえだよ」

埋門に駆け寄って来る足音が高くなった。

「ならば、死ね」

男が半助に斬《き》り掛かった。

抜き合わせはしたものの、半助は刀を手にして斬り合うのは初めてだった。飛んで間合を取りながら、心の中で叫んだ。

旦那《だんな》様、御隠居様。助けてくだせえ。これから、どうすりゃあ、いいだよぉ。

言われたように、下がっていればよかったか、と弱気になったところで隠居の筍庵《じゅんあん》様に習った技を思い出した。おらに出来るだろうか。手が震えた。足も震えた。顎が震え、歯が鳴った。

「いたぞ」

埋門を潜り抜けた兵が叫《さけ》び声を上げた。ちらと埋門を見た男が、退《の》け、と叫びながら、振り向き様に半助に刀を叩《たた》き付けた。

おら、やってみるだ。

半助の刀が横に閃《ひらめ》き、男の刀を払った。払った次の瞬間、半助の刀が男の胴にめり込んだ。

おおっ、という声を上げ、追っ手が立ち止まった。

男がくずおれるのと同時に、歓声が上がった。

駆け寄って来た追っ手が男を見下ろした。血が出ていない。斬ったのか、と追っ手を率いていた身分のありそうな武将に訊かれた。半助は己の刀に血糊《ちのり》が付いていないのを見て、首を横に振った。

「峰打《みねう》ちか。やるのう」

連れて行け。武将が配下の者に命じた。男は縛り上げられ、引き立てられて行った。

その時になって半助は、己がまだ刀を鞘《さや》に納めていないことに気が付いた。鞘に納めようとしたが、手が震えて入らない。手が伸びてきた。武将の手だった。半助の手から刀を取ると、鞘に滑らせた。

「ありがとう、ございますでございます」

間者《かんじや》の男を見送り、ふっと息を継いでいると、武将が、よくぞ捕らえてくれた、と言った。手柄《てがら》であったぞ。

武将は、横田《よこた》家の軍奉行《いくさぶぎよう》だった。

「おまん様は……」

思わず土下座しようとした半助を、軍奉行が止めた。

「其《そ》の方、名は？」

西島《にしじま》久右衛門《きゆうえもん》様家臣雨宮佐兵衛《あまみやさへえ》の小者《こもの》、半助だと答えた。軍奉行は、上笹貫次郎《かみざさかんじろう》だと名乗った。

「逃がしていたら、我が家の失態となるところであった。礼を申す。後程、殿からお褒《ほ》めの言葉があろう。ではな」

上笹は皆の後を追うようにしていなくなった。

半助は腰を折って見送ると、へなへなとその場に座り込んでしまった。

常七が顎を押さえながら近付いて来て、いやいや、強いでねえか、大したもんだぁ、と言った。

「もう半助さんなんて気安く呼べねえな」

半助の手を取って起こすと、尻に付いた泥を丁寧《ていねい》に叩《はた》き落とした。

半刻（一時間）余の後――。

驚き、駆け戻って来た佐兵衛に事のあらましを話し終えたところに、横田備中《びっちゅう》からの呼び出しが掛かった。半助は佐兵衛に従って城中に上がった。

ふたりは、廊下を右に左に折れた先の広間の前に導かれた。正面に横田備中が、左右に西島久右衛門と上笹貫次郎が控えていた。

佐兵衛も半助も勝手が分からない。広間に足を踏み入れるのは恐れ多いので、廊下に手を突き、平伏していると、西島の御本家様が、前へ、と言った。直《す》ぐに動いていいものか、と佐兵衛の様子を見ていると、お進みください、と案内してきた近習《きんじゅ》が言った。

佐兵衛の後から敷居《しきい》を越えたところに座ろうとすると、もそっと前に、もそっと前に、と二度言われたが、足が上手《うま》く前に出てくれない。ふたりは少しだけ前に進み、座り、平伏した。

「其の方が半助か。面《おもて》を上げよ」横田備中が言った。

御本家様に促《うなが》されて、顔を上げた。佐兵衛もだ、と言われ、佐兵衛も顔を上げた。

「半助は剣を習うたことがあるのか」横田備中が半助に訊《き》いた。

「少しでございますが、御隠居様がお教えくださいましたでございます」

「雨を読むのが得意であった、『佐兵衛の古傷』の佐兵衛でございます」御本家様が言った。

「あの佐兵衛か。息災のようだな」

「お蔭《かげ》を持ちまして」佐兵衛が低頭した。

「そうか。小者にも剣を教える。それは西島家が奨励《しょうれい》してのことなのか」

「武に励《はげ》むようにと、常々申しております。小者といえど、今日のようにいつ戦いに巻き込まれるか分かりませぬゆえ」

久右衛門が平然と言った。佐兵衛の指先がぴくりと動いた。

「半助、其の方が捕らえた間者だが、思いの外の大物であった」

横田備中の後を継いで、上笹貫次郎が口を開いた。

「村上義清《むらかみよしきよ》の間者の中でも、それと知られた狭間《はざま》の三郎助《さぶろうすけ》という者でな。腰の曲げ方や歩き方を変えるなど、なかなかに化けるのが上手く、その上剣の腕も立つので、手を焼いていたのだ。まさか、まさか、の大手柄であったわ」

「その者を半助が……」

佐兵衛が思わず半助を見た。

「御館《おやかた》様も大層喜ばれてな。流石《さすが》横田家には人がある、とまで言われ、儂《わし》も面目が立った。あのまま逃げられていたらと思うと、ぞっとするぞ。西島殿も鼻が高かろう」

横田備中が機嫌よく声を張り上げた。

「実《まこと》に」

御本家様が、頭を下げながら答えた。

「雨宮佐兵衛、半助。軽々《けいけい》には思わぬぞ」

大儀であった。そう言って、横田備中が立ち上がった。

佐兵衛と半助は、額を床に擦《こす》り付けるようにして平伏した。

上笹貫次郎から主従それぞれに、褒美《ほうび》の革袋《かわぶくろ》が与えられた。碁石金《ごいしきん》が入っていた。金の粒の価値など半助には分からなかった。座を辞してから、これはどれくらいの品と交換出来るのでございましょうか、と佐兵衛に問うと、一粒で一石《こく》の米と換えられる、と答えるではないか。

半助は革袋を佐兵衛に渡した。おら、持っていても仕方ねえ。使う当てがなかった。

佐兵衛は異を唱えようとしたが、ここで揉《も》めても見苦しいだけである。

「一応預かっておくことにいたすが、半助がもらった褒美なのだからな。忘れるなよ」

まだ戦が終わった訳ではない。陣中には物盗《ものと》りもいる。ふたつの革袋をひとつに纏め、佐兵衛が胴丸《どうまる》の鼻紙入れに押し込んだ。

夕刻、味噌汁《みそしる》を作ろうと湯を沸《わ》かしていると、御本家様から夕餉《ゆうげ》の誘いが来た。気詰まりであることは目に見えていた。そのような改まった場で食べるよりも、屯食を熱い味噌汁で流し込んだ方が美味《うま》いのだが、そうは言えない。身に余ること、とありがたく受けて赴《おもむ》いたが、佐兵衛も半助も何を食べたか分からなかった。

「父上への土産話《みやげばなし》が出来たな」

「お喜びになられると思いますだ。何しろ万々が一の時に助かる法だと仰《おっ》しゃって教えてくださったのですから」

「俺《おれ》も教えを受けた」

「そのようにお言いでしただ」

「役に立ったな」

「立ったなんてもんじゃなく、えれぇ役に立ちましただ」

その夜は興奮したのか、ふたりともなかなか寝付かれなかった。


翌日、村上義清の動きを探らせていた透波《すっぱ》が、深志《ふかし》城の晴信《はるのぶ》の許《もと》に戻って来た。

透波によると、村上義清は、北信濃《きたしなの》の地をめぐり、以前から勢力争いをしている中野《なかの》領主・高梨政頼《たかなしまさより》との戦のため出陣しており、葛尾《かつらお》城を留守にしていた。葛尾城から高梨政頼の拠点、高梨館まで十二里（四十七キロメートル）ある。その高梨館のある中野近くで、対陣しているという報であった。

「暫《しばら》くは、身動き出来ぬか……」

また数刻遅れて、真田幸隆《さなだゆきたか》の使いが着いた。寺尾《てらお》氏らが武田《たけだ》方に与《くみ》すると約定《やくじょう》した、という知らせであった。

「ようやった」晴信が膝《ひざ》を打った。

三家がそれぞれ数家を寝返らせれば、村上など戦う前に倒せるだろう、と考えたところで、村上義清が中野に布陣していることに思いが至った。動けずにいるのだ。ということは、上田平《うえだだいら》には戻れぬということか。村上義清が高梨政頼と和議を結ぶことは、まずあり得ぬ。となれば、今戸石《といし》城を襲えば、村上の援軍は来ぬということになる。

「まさに、好機としか言えぬわ」

晴信は、直ちに軍評定《いくさひょうじょう》を開いた。

「松本平はほぼ掌中《しょうちゅう》に収めた。次は上田だ。目の上の瘤《こぶ》、戸石城を攻め落としてくれようぞ」

この時——。

此度《こたび》の戦は小笠原長時《おがさわらながとき》を討つためのもの、戸石城攻めの戦仕度《いくさじたく》はしていない、とする重臣らの意見を、晴信はことごとく撥《は》ね付けた。

武田はどうして強かったのか、という問いがある。答えのひとつとして、晴信が重臣らの意見をよく聞き、独断に陥らず、合議で可否を決したからだと言う者がいるが、間違いである。晴信は、生涯唯《しょうがいただ》の一度も合議で決めたことはなかった。ただ合議であるかのように見せ掛けていたのである。

晴信が、ここはAだと考えたとする。皆の意見を聞く。Aと言う者とBと言う者が出て来た時、晴信は熟考してAと決めたように振る舞うのである。

それが晴信という男であり、晴信の合議であった。己の意に反することはしないのである。

この戸石城攻めの時は、己の求める意見を言う者が出なかった。

そこで晴信は、

「戸石城を攻めても、今ならば背後から突かれる恐れはない」

と透波らの報を話し、己の求める方向へと導いたのである。勝てる、と思わせ、兵を使う。それが総大将の在り方である、と晴信は思っていた。

八月十七日。深志城に馬場民部《ばばみんぶ》と日向大和守《ひなたやまとのかみ》を残し、出陣と決まった。総勢は七千。期日までに、深志城の修築と残る小笠原勢を一掃するよう命じた。

深志城から戸石城まで、青木峠《あおきとうげ》越えで行くと十五里（約五十九キロメートル）であったが、それでは兵糧《ひょうろう》を補えない。

一旦《いったん》南に下り、塩尻《しおじり》を経て上原館《うえはら》に入り、二泊した後、大門峠《だいもんとうげ》を越えて長窪館《ながくぼ》に向かうことにした。

深志城から上原館まで、凡《およ》そ十里（約三十九キロメートル）。上原館から長窪館までも、凡そ十里。そして、長窪館から戸石城までが、五里半（約二十二キロメートル）

である。遠回りになるが、兵糧を確保するためには仕方がなかった。晴信は透波を走らせ、両館に兵糧の用意をするよう命じた。

長窪館

八月十七日、深志《ふかし》城を出た武田《たけだ》軍は、予定通り上原《うえはら》館で二泊し、十九日亥《い》ノ上刻（午後九時）、小県《ちいさがた》郡の長窪《ながくぼ》館に入った。背後に長窪城を控えた、城将らが平時に住む館である。長窪城は赤頭川からせり上がったように見える崖《がけ》上に築かれた山城だった。城に行くには、急な坂を上って行かねばならない。

その夜は炊《た》き出しの屯食《とんじき》と味噌《みそ》汁《しる》を腹に収め、館の各所で皆泥のように眠った。

八月二十日。

二、三日前から蜩《ひぐらし》の鳴き声を聞かなくなっていた。つくつく法師はまだ鳴いているが、夏が終わろうとしているのだ、と半助《はんすけ》は思った。

朝餉《あさげ》を食べ終えた後、佐兵衛《さへえ》らが御本家様に呼び出されたので待っていると、御館《おやかた》様から数日間城に留《とど》まるとの下知があった、と分かった。

「でしたら」

半助は汗になった褌《ふんどし》を洗うことにした。佐兵衛と己のを手にして、勝手知った長窪館の井戸端《いどばた》に行き、洗い終えたものを干そうとしていると、二橋《にはし》家の小者《こもの》の五郎兵衛《ごろべえ》と田所《たどころ》家の小者の喜八《きはち》が来た。ふたりとも手に褌を持っている。

聞いたか、と五郎兵衛が褌を洗う手を止め、声を潜《ひそ》めた。埴原《はいばら》城攻めの時、肩と足に矢を受けた尾中《おなか》様のことだった。

「このような浅傷《あさで》で引き返したとあっては家名に傷が付く、とここまで来たのはよかったんだけんど、馬に乗っていなさったとは言え、やはり無理だったんだな。傷が膿《う》み、ひどい熱だそうだ。僧医《そうい》様が診《み》てくれているが、ありゃ、もう帰さねえと駄目《だめ》だな」

そう言えば、甚作《じんさく》の姿を見ていない。

「付きっ切りだかんな」喜八が言った。

「普通なら、御本家様も『面目ない』と青くなるところだけんど、尾中様の失態を雨《あま》宮《みや》様がって、おまんのことだけんど、埋《う》め合わせてくれたかんな。御本家様もほっとしていなさるだろうよ」五郎兵衛だった。

「おらはいいけんど、尾中様、心配だな」

「おらんとうが心配しても、始まらねえだよ」五郎兵衛があっさりと言った。

矢倉にいた兵が、矢倉下の兵に叫んだ。矢倉下の兵が大手門に走り寄り、門を開くように大声を発している。門が開き、騎馬が三騎、走り込んで来た。馬から下りると、そのまま駆《か》け出し、城に入った。
「慌《あわ》てていたな」五郎兵衛が言った。
「何だべぇ」半助が言った。
「何だべぇ……」喜八が言った。
「戻るべぇ」五郎兵衛だった。
「戻るべぇ」喜八が続けた。
三人は褌を手にして、館に駆け込んだ。
佐兵衛は二橋七五郎《しちごろう》と田所次郎左《じろうざ》と鼎《かなえ》に座り、雑談をしていた。
「どうした?」と訊《き》かれたので、見たままのことを話した。
「何かあったとも思えぬが」七五郎が言った。
「少し待てば分かるでしょう」
佐兵衛が耳を澄ますような仕種《しぐさ》をした。七五郎と次郎左も、耳を澄ました。
暫《しば》しの刻《とき》が経《た》ったが、奥は静かなままだった。
「と言うことだ」と佐兵衛が言った。「干して来るがいいぞ」
濡《ぬ》れた褌を持ったままだった。
半助は五郎兵衛と喜八と外に出て、褌を木の枝に吊《つ》るし、その下に寝転がった。

腕を頭の下で組み、青い空を見上げた。白い雲が浮かんでいる。どこかお花様《はな》に似ている雲だった。自分が戦に出ているのが嘘《うそ》のようだった。

雲がほどけ始めた。お花様の顔が崩れてゆく。泣いているようにも見えた。

嫌《いや》な気がして、半助は起き上がり、褌の端に触れた。まだ乾くまでには、少し掛かるだろう。

五郎兵衛と喜八に賭《か》けの真似事《まねごと》をしないか、と誘った。

おらには、賭けるものがねえだよ。

おらにもねえ。

だから、真似事だ。

小さな穴を掘り、二間（約三・六メートル）離れたところから小石を放《ほう》った。岩次郎らがやっていた賭けである。

数回で、三人ともこつを飲み込んだ。

もう少し離れっか。

そうするべぇ。

気が付いた時には、褌は乾いていた。

見上げると、雲は既に流れ去ってしまっている。

泣き顔なんて、縁起《えんぎ》でもねえ。半助は五郎兵衛と喜八と館に向かった。

「明日もやろな」と喜八が言った。


八月二十四日、二十五日と、戸石《といし》城の様子と中野《なかの》に陣を布《し》いている村上義清《むらかみよしきよ》の動向を探らせていた晴信《はるのぶ》が、透波《すっぱ》の知らせを受けて重臣らを集め、軍議を開いた。

村上義清と高梨政頼《たかなしまさより》の睨《にら》み合いは続いている。となれば、中野から小県に戻る懸念《けねん》はない。村上義清が動けないでいる間に、真田幸隆《さなだゆきたか》が北信濃《きたしなの》の国人《こくじん》衆を調略《ちょうりゃく》し、屋台骨はぐらつき始めている。そこにあって、戸石城を守るは、城将の山田国政《やまだくにまさ》以下、吾妻清綱《あがつまきよつな》、矢沢総重《やざわふさしげ》ら僅《わず》かに五百余名。

「どうだ？　まさに戸石城攻めの好機であろう」

晴信は思い直すよう迫る重臣らを押し切り、二十七日の出陣を命じ、陣立書を読み上げた。

戦と決すれば、最早《もはや》否《いな》やを口にする余地はない。勝つのみである。

軍議の場から出て来る武将らの足音が違った。勇み立っている。

御本家様、すなわち西島《にしじま》久右衛門《きゅうえもん》は、己の帰りを待っていた佐兵衛らを見回すと、戦だ、と告げた。

「横田《よこた》隊は戸石城攻めの先鋒《せんぽう》を仰《おお》せ付かった」

一瞬の間を置いて、おうっ、という声が上がった。

ひとつの尾根の上に四城が連なる戸石城を攻めるには、城の南西の崖を登るしかなかった。他は切り立った崖と木々の生い茂った山に阻《はば》まれ、近付けない。

「きつい戦いになるであろうが……」

「何の」と二橋七五郎が言った。「西島家の名を上げる好機。願ってもないことでございます」

常ならば尾中又左衛門《またざえもん》が言うべきところだが、臥《ふ》せっている。二橋七五郎が、ここぞとばかりに一座を代表して言い放った。

「手柄《てがら》を立てましょうぞ」

「よう言うた。頼むぞ」

御本家様が頷《うなず》いた。

半助らは主《あるじ》の帰りを待っていた。

五郎兵衛の顔も、喜八の顔も、引き締まっている。

小者は小者なりに、主がどこに配されるかを案じているのである。先鋒ならば凶《きょう》。先鋒以外ならば、吉。しかし、半助らは先鋒だと思っていた。横田備中《びっちゅう》が先鋒以外を受け付けなかったからである。

二橋七五郎を先頭にして佐兵衛と田所次郎左が戻って来た。

半助らは、即座に顔色を読み、黙した。吉の相ではなかった。

「先鋒だ」と七五郎が言った。

「案ずるな」と佐兵衛が言った。「守り切るには、城兵の数が足りぬ」

「崖をよじ登れば、勝ちだ」次郎左が言った。「面白い戦いにしてくれるぞ」

翌二十六日。

半助と五郎兵衛と喜八が飯を炊いていると、尾中様の小者の甚作が鍋《なべ》を持って現れた。尾中様の具合を訊いた。

「漸《ようや》く、粥《かゆ》を食べられるようになっただよ」鍋を持ち上げるようにして言った。

「そりゃよかったでねえか」

「まさか、こんなひでえことになるとは思わなかった。いやぁ、大変だった」

小笠原《おがさわら》の奴ら、鏃《やじり》に糞《くそ》付けていたんでねえか。五郎兵衛が言った。

やりかねねえな。甚作が言い、ちらと聞いたことだけんど、と小声になった。

「戸石城には、志賀《しが》城の残党がたくさん入《へえ》っているちゅう話だで、梃子《てこ》摺らねばいいけんどな」

戦い敗れ、志賀城が落ちた時、生け捕られた者は黒川《くろかわ》金山に送られるか、奴婢《ぬひ》として人市《ひといち》で売買されたのである。戸石城に入った志賀城の残党は、晴信憎しで猛烈《もうれつ》な抵抗を示すだろう。

「そんなに入っているだか」半助が訊いた。

「半分よりもっといるんでねえか」

「ありゃあ」五郎兵衛が言った。

「ありゃあ」喜八も言った。

「そいつらも、晒《さら》し首にしてやりゃいいずら」

「ンだ」五郎兵衛が頷いた。

「ンだ」喜八も頷いた。

八月二十七日。辰《たつ》ノ中刻（午前八時）。

武田軍は、横田隊を前軍にして、長窪館を出た。

目指すは海野《うんの》宿の外れ。行程四里（約十六キロメートル）である。館から赤頭川に下る道に差し掛かると、前を行く兵らの後ろ姿が目の下に見えた。

休んでいたせいか、足取りが軽い。

これからだ、大変なのは。お花様、待っていてくりょ。半助は口の中で呟《つぶや》き、足を繰り出した。

行軍はゆっくりと進み、未《ひつじ》ノ中刻（午後二時）、海野宿外れの原に着いた。

軍奉行《いくさぶぎょう》配下の奉行衆が走り回り、野営地の陣所割りをしていると、鹿《しか》が右の藪《やぶ》から陣中に迷い込んで来た。驚き、凶兆だと騒ぐ兵らを見て、鹿は瞬時怯《おび》えていたが、立ち去り際にひょいと振り向き、招くような眼差《まなざ》しを残して、左の藪へと駆け込んで行った。それを聞いた晴信が、鹿の去った方を訊き、その先に原はあるか、と軍奉行に問うた。

「屋降《やふり》という地がございます」

晴信は、陣を移すように命じると、

「これを吉兆と言わずして、何が吉兆であるか」

鹿は神の使いであり、戦に勝ちをもたらすものである。その鹿が、吉の方向である左に抜けたのだ。勝ったぞ、と言い放ったらしい。

屋降の陣から戸石城まで二里（約八キロメートル）。晴信はこの日も、翌日も、物見を出し、晦日《みそか》の二十九日には自らの目で見るために馬を駆った。

内小屋にある館の兵は、すべて城に上がり、徹底抗戦の構えを見せていた。

屋降に戻った晴信は、軍議を開き、陣を戸石城近くの高台に移すことと、九月三日に夜襲を掛けることを命じた。

先鋒を買って出ていた横田隊に、晴信は同心を付け、二百の夜襲隊が編まれた。夜襲隊の中には足軽もいた。是非に、と手柄を上げようとする者を受け入れたのだ。隊将の貞松《さだまつ》の顔があった。

「無茶するでねえ」

半助らは止めようとしたのだが、隊将になるためずら、と聞かなかった。

「なぁに、おら、容易《たやす》く死にゃしねえだよ。崖ぇ登ったら、褌振るから見ててくんな」

貞松が股引《ももひき》をずり下ろした。真っ赤な褌の前垂れが見えた。

翌一日の晩、夜更《よふ》けてから雨が落ちた。油紙に落ちる雨の音で、半助と佐兵衛は目を覚ましたが、濡れて困るものは出していない。ふたりとも、身を屈《かが》めるようにして眠った。

明けて二日、起きた時には雨雲は消えていた。このまま晴れると、戸石城南西の崖は乾いてしまうだろう。もっと降れば、足場が悪いからと夜襲は流れるはずだ。

半助は、雨雲を探している己に気付き、目を伏せた。

その時、やはり空を見上げている者がいた。横田備中である。

「登れる」と横田備中は、自らに言い聞かせた。

九月三日。

辰ノ中刻、屋降の陣を畳《たた》み、戸石城近くの高台へと本陣を移した。

そこからは、戸石城の全容がよく見えた。

半助は、思わず息を呑《の》んだ。

尾根に築かれた城は、土塁《どるい》に囲まれていた。土塁の前に犬走りを広くした塼地《ぜんち》があり、端《はし》に柵《さく》がずらりと設けられているのが見えた。足許《あしもと》には、石が山と積まれている。柵の外は崖である。崖は、土と岩と、それらにしがみ付くように生えている灌木《かんぼく》があるだけで、その他は切り立った崖が剝《む》き出しになっていた。

攻める側は、崖を登り、柵を越え、塼地から土塁に取り付かなければならない。土塁の上からは矢弾が降るだろう。矢倉も、塼地への出入りに使う門を備えた一基の他に、二基ある。そこからも攻撃を受けるはずである。

「登れるのでしょうか」半助は思わず佐兵衛に訊いた。

「分からぬ……」

だが、と佐兵衛が言った。登るしかない。


未ノ上刻（午後一時）。

佐兵衛らは昼餉を食べ終えた。特別なものではない。味噌を塗り付けて焼いた屯食と味噌汁である。汁の具は、万一にも腹を壊さぬように、味噌玉を湯で溶いたものだった。

申《さる》ノ上刻（午後三時）を過ぎた頃《ころ》、夜襲隊はひっそりと小人数で陣を離れてから結集し、戸石城の崖下近くに身を潜《ひそ》めた。半助ら小者も、離れたところに固まり、身を伏せて主らの手柄を祈った。陣で待たずに最前線まで随行《ずいこう》するのは、主が手傷を負った時に、直《す》ぐさま連れ帰るためである。

南西に向けて屹立《きつりつ》している崖の斜面には、まだ暮れ掛けた日が射《さ》していた。

「知っているだか」と、西島家の小者の勘助《かんすけ》が、半助と五郎兵衛に言った。

城の矢倉には不寝《ねず》の番の見張りがおり、雨の時はいないが、雨降りの時以外は墺地にも不寝の番がいるのだ、と言った。

「聞いちまっただよ」

竹三《たけぞう》が相槌《あいづち》を打った。竹三も西島家の小者である。

「上手《うま》く登っても、上に敵がいるだか」半助が訊いた。

「いるだよ」勘助が言った。

「夜襲隊は皆、知っているだか」半助が訊いた。

「当ったり前でねえか。そのための軍議だべえ」竹三が言った。

「上手くいってくりょ」五郎兵衛が掌《てのひら》を合わせた。

「大丈夫だぁ。上手くゆくに決まっているでねえか」勘助が言った。

何のために、昨日でなく、今日陣を移しただ？　移ったばかりだから、今日の攻めはねえ、と油断させるためずら。竹三が言った。

五郎兵衛が、竹三を制するようにして、首をもたげて辺りを見回した。

「どうしただぁ……」

「霧《きり》、だぁ」と半助が言った。「霧が出て来ただよ」

「おうっ」と言って、皆で四囲を見回した。

微《かす》かに白いものが、縞《しま》になって流れて来ていた。
五郎兵衛の顔が弾《はじ》けた。
勘助の顔も、竹三の顔も弾けている。
半助も負けじと笑顔を作った。
夜襲である。
月が出たとしても、三日の月で、月明かりはない。
しかも、霧が出ている。
「上手くゆきそうでねえか」半助が言った。
「ゆくずら」勘助と竹三が言った。
「いってくりょ」五郎兵衛が祈った。
夜襲隊も小者隊も、ただひっそりと刻が来るのを待っていた。

夜襲

霧《きり》が濃くなっている。白い布をふわりと流したようである。

刻限は、酉《とり》ノ中刻（午後六時）になろうとしていた。日は落ちる寸前で、尾根にある戸石《といし》城の矢倉の先に日が残っているのが、濃い霧の切れ間から見えていたが、今はもう見えない。

霧の底で人の動く気配がした。崖《がけ》に向かって進み出したのだ。

半助《はんすけ》らのところからでは、佐兵衛《さへえ》らの姿は霧に隠れてしまっている。崖の上からも見えないはずである。

「行くだ、行くだ」

「登るだ」

「見付かるじゃねえど」

半助らは唇《くちびる》だけを僅《わず》かに動かして、声援を送った。

日が完全に落ちた。

もう崖がどこにあるのかも分からない。

耳を澄ませ、気配だけで横田《よこた》勢の動きを追った。

霧が身体《からだ》に纏《まと》い付き、しっとりと濡《ぬ》れた。髪に、眉《まゆ》に、睫《まつげ》に付いた霧が頬《ほお》を伝い、顎《あご》で結んで膝《ひざ》に落ちた。

五郎兵衛《ごろべえ》の肘《ひじ》が半助の脇腹《わきばら》を突《つつ》いた。

んっ？

五郎兵衛が斜め上を指差している。

霧に切れ間が生じていた。切れて来たのだ。

「ああっ」思わず半助が言った。

「ちいっと待ってくりょ」喜八《きはち》が泣き声を上げた。

喜八の願いを嘲笑《あざわら》うかのように、弦《つる》の鳴る音が重なり、次いで空を切る音がした。どこかで、たくさんの矢が一斉に放たれたのだ。からからと矢が崖の岩に当たりながら転げ落ちる音がし、崖を登っていた武田《たけだ》の兵が矢を受けて落ち始めている。

戸石城の兵が、霧に隠れて崖の途中まで下りて来、矢を射ているのだ。即座に武田勢の弓隊が崖下を走り、反撃しているが、戸石城の兵は楯《たて》の裏に隠れているので射落《いお》とせない。

半助らが歯嚙《はが》みをしていると、楯に向けて鉄砲《てっぽう》が放たれた。楯に穴が空き、細かな木屑《きくず》が舞い、城兵が次々と崖から落ち始めた。武田の鉄砲隊は十人はいるようだった。楯では身を守れないと分かったのだろう。城兵が、城内に逃げ込んでいる。鉄砲隊の潜《ひそ》んでいる藪《やぶ》目掛けて、土塁《どるい》や矢倉から矢が放たれ、鉄砲が撃たれた。

「当たって堪《たま》るか。ざまみろだ」

戸石城で螺《かい》が鳴った。霧の切れ間から崖の上が見えた。暗く深い藍色《あいいろ》の空の下に黒い崖があり、崖っ縁《ぷち》の柵《さく》の向こうで黒い、小さなものが動いている。城兵であるらしい。城兵が両の手で何かを持ち上げ、落としている。石だ。

絶叫とともに、崖のあちこちから石とともに兵が崖下に落ちて行く音が湧《わ》き起こった。城兵の上げる罵声《ばせい》も、切れ切れに聞こえてくる。

「大変だ。どうすべえ……」

横田家から配されている小者頭《こものがしら》に訊《き》いた。小者頭が、動いちゃなんねえ、と言った。

「おまんとうが心配《しんぺえ》すんのは分かるけんど、おらんとうが行っても、足手まといになるだけだ。呼ばれるまで、待つだ」

崖を転げ落ちてくる石の音は、尚《なお》も続いている。呼び合う武田勢の声に混じり、敵兵の奇声と笑い声が聞こえる。じりとした時を送っていると、赤いものが糸を引いて崖上に飛び始めた。武田勢の放った火矢だった。半助らの潜んでいる藪《やぶ》から一町（約百九メートル）程離れたところで火矢を放っていた。

火矢は崖っ縁の柵や敵兵に刺さり、崖上を明るく照らした。

半助らは拳《こぶし》を突き上げた。声には出さない。居所は隠しておかないと狙《ねら》われてしまう。

火矢は続いている。赤い流れ星が滝登りをしているように見えた。

火矢に照らされていた敵兵が、胸を押さえて崖から転がり落ちた。火矢に混ざって、火の点《つ》いていない矢が放たれているのだ。火矢に気を取られていると、闇《やみ》の底から飛んで来る矢はかわせない。

半助らは、思わず心の中で快哉《かいさい》を叫び、足を踏み鳴らした。

崖の中央右手の方で、三人の兵が崖上に達したらしい。柵を挟んで敵兵と槍《やり》を突き交わしている。ふたりは兜《かぶと》を被《かぶ》っているが、ひとりは胴丸に脛当《すねあて》だけだった。股引《ももひき》を穿《は》いているので褌《ふんどし》が見えない。赤い褌ならば、隊将なのだが。

まさか……。半助は目を凝《こ》らして見たが、崖の上まではあまりに遠かった。分からない。

と、兜のひとりが槍に刺されて、崖上から消えた。胴丸が兜に取って代わった。敵兵の弓隊が走り寄り、構えている。

胴丸ともうひとりの兜が、柵を乗り越えようと足を掛けた。矢が放たれ、ふたりが崖から落ちた。

数人の敵兵が、別の胴丸に向かっている。胴丸が柵の間から槍を突き入れた。敵兵のひとりを刺したらしい。胴丸が手を上げ、跳ねている。その身体の動きは貞松《さだまつ》だった。まだ、喜ぶんじゃねえ。

突然貞松の身体が反り、よろよろと崖の端《はし》に下がっている。

「危ねえ。下がるでねえ」

だが、闇に飲まれるように、貞松の身体は崖下に転げ落ちた。

城兵らが柵の内側を走り回っている。崖の各所で、登り切った者と城兵との戦いが始まった。しかし武田勢は、柵に行く手を阻《はば》まれているうちに、矢倉からの矢や柵から突き出された槍の餌食《えじき》になっていた。

「畜生めっ」

半助らが歯嚙みをしている間、敵兵どもは投石をしつこく続ける傍《かたわ》らで、火矢を受け、燃えていた柵に水を掛けている。崖上が再び暗くなった。

もう崖を登っている者はいないのか。崖上からの投石が止《や》んでいる。

黒鍬《くろくわ》隊と小屋懸け隊、切り取り隊の者らが援軍に来た。

「したら、助けに行くべい。負傷した方々の手当をするのは、ここだ。ここに戻ってくれ。合い言葉は『熊《くま》か』『鹿《しか》だ』だぞ」

竹筒《たけづつ》に詰めた水と、支給された布片と血止めの薬湯を染み込ませてある布片を懐《ふところ》に入れると、半助らは小者頭を先頭にして、藪を縫《ぬ》って崖下に向かった。途中赤松の古木があった。

幹《みき》に鎌《かま》を打ち込むと、迷った時は、これを探すだ、と小者頭が言った。

それぞれが小者頭に頷《うなず》き返した。

藪の中を崖の方へと見当を付けて進んだ。

血がにおい、呻《うめ》き声も聞こえてきた。

「手際よく、急いでくりょ」

皆が左右に散った。

半助は取り敢《あ》えず貞松が落ちた方へと向かった。佐兵衛がどこにいるのかは、分からない。

誰《だれ》かの足につまずいて倒れ、藪に顔から突っ込んでしまった。目の下に枝が刺さった。目だったら、えらいことだった。枝を引き抜き、倒れている兵の足を揺すった。

「もし……。もし……。怪我《けが》をしていなさるだか」

返事がない。腰、腕、肩と揺すりながら顔に触れた。べったりと血が付いた。ぴくりともしない。

掌《てのひら》を合わせ、先に進んだ。呻き声がした。

「もし、お助けに来ました」

「こっちだ」

「直《す》ぐに参りますだで」

立派な腹巻を身に付けている武将が倒れていた。兜はどこかに飛んでしまっているらしい。

空から落ちてきた僅かな明かりが、頭の傷口から吹き出している血を照らし出してら、と光っている。急いで布を巻いた。白い布が、たちまち赤黒くなった。

血止めの薬湯を染み込ませてある布片を当て、その上から更《さら》にきつく巻いた。

「痛うございますだか」

「いや、何ともない」

「水を、お飲みになりますだか」

「もらおう……」

言ってから、武将が両の手を上げた。右の手は落石が当たったのだろう、甲《こう》が砕かれ、左の手は指が二本折れて、とんでもない方を向いていた。

「持てぬ。手をやられてしもうた」

「気付かずに申し訳もねえことでごいした」

半助は竹筒の水を武将の口に含ませると、手当をしてもいいか、問うた。折れた指を強引に曲げて治したのを見たことがあった。

「やってくれ」

半助は、近くにあった小枝を拾い、布を巻いて銜《くわ》えさせると、折れた指を元の向きに曲げ直した。うっ、と呻いて武将が気を失った。

半助は両の手に布片を巻き付けると、他の傷を調べてから頬を叩《たた》き、顔に水を掛けて息を吹き返らせた。負ぶって戻るためには、起きていてもらわぬと重いのだ。

「では、お連れするだ」

「頼む……」

つまずいて倒れることは出来ない。半助は足許《あしもと》に気を配りながら、摺《す》り足で進んだ。

「其《そ》の方、名は？」

「半助と申しますだ」

「どこの家の者だ？」

「雨宮《あまみや》家の者でございますだ」

「佐兵衛のところか」

「左様でございますだ」

主《あるじ》を見たかどうか、武将に尋《たず》ねた。

「分からぬ。儂《わし》が落ちる時は、ずっと上の崖に取り付いていたようであったが、さてどうなったかは、知らぬ」

「すると、この辺りでございますか。後で、戻って、探してみるずら」

「儂は岩崎《いわさき》家当主・光右衛門《みつえもん》の弟で重三郎《じゅうざぶろう》という。覚えておけ」

「そのような御方《おかた》とは知らず、指を失礼しただ」

「何の。随分と楽になったぞ」

重三郎が、半助か……、と呟《つぶや》いた。

「あの、村上《むらかみ》方の間者《かんじゃ》を捕まえたというのは、其の方か……？」

「恥ずかしながら、手前でございますだ」

「そうであったか。流石《さすが》に腹が据《す》わっているのだな」

「とんでもないことでございます。そのようなことは……」

前の藪が動いた。誰か来るらしい。半助は足を止め、様子を窺《うかが》った。

闇の中から声がした。

「熊か」聞き覚えのある声だった。

「鹿だ」答えてから、半助だと名乗った。

「おらだ。常七《つねしち》だ」

おうっ、と半助が言った。重三郎様をお連れしているところだで。

「本当か」常七が藪から飛び出してきた。

常七に傷の具合を伝え、重三郎を託し、半助は引き返した。佐兵衛を探し出し、無事を確かめなければならない。

闇を透かし、這《は》うようにして進んだ。息絶えた兵をふたり見付けた。ともに頭と肩を砕かれていた。亡骸《なきがら》の傍らを黒いものが走り抜けた。野鼠《のねずみ》だった。

「佐兵衛様……」

呟きながら崖裾《がけすそ》に沿うようにして行くと、半町（約五十五メートル）程のところで人の動く気配がした。

「お助けに来ました」半助が小声で言った。

「ありがとうごいす。ありが……」

　えっ、と思いながら近付くと、闇に慣れた目に貞松の姿が映った。仰向《あおむ》けに倒れており、右の手と足で地べたを叩いている。

「生きていただか」

「半助さんだか」

「そんだ。おらだ」

「上から落ちただよ」

「見えた」

「あれえ、見えたのけ」

「おまん、敵の奴を槍で刺したずら。喜ぶんじゃねえ、と言ってたら、おまん、落ちてしまったで、もう駄目《だめ》だと思ってただよ」

　矢を射られたのだ、と貞松が言った。刺さっただよ。

「どこだ？」

　肩に刺さったが、転がり落ちている間に抜けてしまった、と言った。

「運の強え男だぁ」

　落ちる時、後の者ふたりを巻き込んでしまったらしい。ふたりは絶叫とともに落ちたそうだ。

「おらは木ぃにぶつかり、弾《はじ》かれ、何だか知らねえうちに、ここに落ちただよ」

身体を見回した。左の肩と膝が砕けているようだった。水を飲ませている間に、布片で縛った。

「足だけんど、痺《しび》れていて動かねえだ。どうなっているだ？」

「骨が付けば何とかなるんでねえか。先のことまでは分からねえ」

「隊将になれるだか」

「なるためにも早う治せ。おらが負ぶって連れ帰るかんな」

「済まねえでごいす」

身体を起こそうとすると悲鳴を上げた。腰の骨も折れているのかもしれない。

我慢しろ。ここにいたら死ぬだけだ。

貞松を担ぎ上げ、背に負い、歩き始めた。

行く手の藪に火が点《とも》った。手当のために火を熾《おこ》したのだろう。倒れた武将の傍らに、ふたりの足軽が屈《かが》み込んでいる。

何てことをするだ。闇を読み、見当を付けて歩いていたのに、明かりのために向かう方向が分からなくなってしまうでねえか。それよりも、明かりを見た目は火が消えると暫《しばら》く闇を透かし見ることが出来なくなってしまう。それだけじゃねえ。火が点ったと崖上に気付かれてみろ。何が起こるか分からねえど。

こうなりゃあ、火が消えるまでに、行けるところまで行くしかねえ。

半助が足を急がせていると、崖上で声がした。

ほれっ、見ろ。知んねえど。

火を目掛けて石と木の枝を削った槍が降ってきた。

たちまち、幹が砕け、枝が折れ、葉が散り、辺りが騒然となった。

慌てて火を消している。火の粉が舞い上がるのと同時に、手当を受けていた武将の身体が跳ね上がった。石が当たったのだろう。それを最後に、火が消え、四囲が闇に閉ざされた。

目が慣れるのを待つしかなかったが、石や槍の餌食になってしまう。半助は見当を付けて、藪の奥へと歩いた。木に、枝にぶつかり、根に足を取られそうになったが、構わず歩いた。

暫く進むうちに目が闇に慣れてきた。木の間から崖を見上げた。暗く、濃い空を背にして黒い屏風《びょうぶ》のように立っている。

半助は己が歩いた道を頭の中で辿り、赤松の古木に向かった。

鎌が刺さっていた。

よし、こっちだ。

貞松にもう少しだ、と声を掛けた。返事がない。構わずに、声を掛けた。

あの後、後ろが続いていたら、大手柄だったのにな。一番乗りだったかもしれねえぞ。そうなっていたら、多分、御本家様とか大殿様（横田備中《びっちゅう》）とか、もしかすると甲斐《かい》の御館様《おやかたさま》（武田晴信《はるのぶ》）の前で、褒美《ほうび》をもらい、武士に取り立ててもらえたかもしれねえな。

おら、おまんを貞松様なんて呼ぶことになったかもしんねえど。

明かりが見えた。あそこだ。こっちの明かりは間違いねえ。出立したところだ。人が動いている。もう大分帰っているらしい。

手当をしている者の中に、佐兵衛と思《おぼ》しき人影があった。

怪我はしていないのだろう。身軽に動き回っている。

よかったべい。

半助は、駆けるようにして戻り、叫んだ。

「手当を願いますだ」

貞松

九月四日。

佐兵衛《さへえ》は朝餉《あさげ》を腹に詰め込むと、御本家様の陣に参じていた。昼に始まる御館様《おやかた》の軍議を前にした、西島《にしじま》隊の話し合いである。

半助《はんすけ》は手早く鍋《なべ》や寝筵《ねむしろ》などを片付け、貞松《さだまつ》を見舞った。

貞松は負傷した兵らを集めた陣幕の中にいた。陣幕の中にも身分差はあり、貞松は足軽より低い、一番端《はし》に寝かされていた。腰の辺りに黒い染みがあり、におった。垂れ流しているのだ。

「どうだ、按配《あんばい》は？」

目脂《めやに》に塞《ふさ》がれた目がうっすらと開き、よくねえ、と乾いた唇《くちびる》が動いた。

「水、飲むか」

「飲む……」

肩に手を回そうとしたが痛がるので、首を横に向けさせて飲ませた。

「うめえだよ」

右の手で口許《くちもと》を拭《ぬぐ》っている。左手は腫《は》れており、色もおかしい。左足も膝《ひざ》の辺りが丸太のように太く腫れ上がっていた。

「褌《ふんどし》の替えはあるだか」訊《き》いた。

首を僅《わず》かに横に振った。

「おらのを使うか。取ってくるぞ」

「いらねえ。痺《しび》れているから、濡《ぬ》れていてもいなくても分からね」

それに、と貞松が言った。

「何だ？」

「赤い褌は守り神のような気がするで、取ったら、おら、死んじまう……」

「そんなことはねえ。折れた骨は付く。昔から決まっているでねえか」

「だと、いいんだけんど……」

それよっか、と半助が言った。

「何か食ったか」

「粥《かゆ》をもらった……」

聞いた話だけんど、と貞松が言った。小荷駄《こにだ》隊の荷車で長窪《ながくぼ》城まで運んでくれるらしい。そうすればしっかりとした手当が受けられるんだと。

「ほれ、見い。治らん奴は捨ててくもんだ。おまんを連れてくのは、治るからなんだ。だから、痛くても我慢するだぞ」

何かほしいものがあるか、と訊くと、枝に布を巻いたのをくれ、と答えた。

「痛い時に噛《か》んでいるだよ」

「直《す》ぐにこさえて来るっけ、待っててくれろ」

「済まねえなあ」

「その代わり、隊将が隊将になった時は、よろしく頼むでな。おら、もう年だで」

あはっ、と笑ったが、傷に障ったのか、直ぐに顔を顰《しか》めた。

急いで横田《よこた》隊の陣に戻り、竹筒《たけづつ》に水を入れ、枝を削って布片を巻いていると、佐兵衛が帰ってきた。干していた寝筵を敷いた。腰を下ろした佐兵衛が、今日と明日、明《あ》後日《さって》は暦《こよみ》がよくないので、城攻めは行わぬそうだ、と言った。二、三日は様子見になるだろうよ。

となると、貞松は今日にも長窪城に送られるに違いない。

「お願いがありますだ」半助は思い切って言った。

「何だ。申せ」

貞松の目から涙が溢《あふ》れて落ちた。

「分かっただな。ここぞって時に使うだぞ」

貞松が握《にぎ》り締めた右の掌《てのひら》を目許《めもと》に当て、うっうっ、と言った。碁石金《ごいしきん》が一粒握られているのだ。

「これを渡せば、しっかり診《み》てくれるはずだでな」

佐兵衛様から頂戴《ちょうだい》したものだでな、治ったら礼を言うだぞ。

「ずっといてやりてえが、そうもいかんだで、また来っから。痛くなったら、それ、噛んでろや」

胸許《むなもと》に布片を巻いた枝を置いた。片手拝みしている貞松を残し、横田隊の陣に向かった。

左手に戸石《といし》城の崖《がけ》が見えた。昼の光の中で白っぽく見えた。

あの高いところから落ちて、よくもまあ生きていたもんだ。思わず足を止めて見上げていると、名を呼ばれた。黒鍬《くろくわ》隊に配された死なずの釜吉《かまきち》と、小屋懸け隊に配された減らしの権爺《ごんじい》だった。

「いいとこで会っただよ」と釜吉が言った。

釜吉は夜襲で亡くなった兵を埋《う》める作業に駆《か》り出され、権爺は助けとして回されているという話だった。形見になる小袖《こそで》などは取られているから、埋める間際に褌や股《もも》引《ひき》を取るのが権爺に割り振られた役目であった。

「おら、奪衣婆《だつえば》になったような気ぃするだ」

奪衣婆は、三途《さんず》の川の畔《ほとり》にいる鬼婆《おにばばあ》で、渡し賃の持ち合わせのない者からは身に付けているものを剝《は》ぎ取ると言われている。

「で、おらに何か？」半助が訊いた。

「半助さんは横田様の隊だから、見てもらいたい仏があるだ」

夜襲に志願した足軽の中に、身性《みじよう》の分からない者がいるらしい。手明《てあき》から配された者のようで、どこの誰《だれ》と記帳出来ないでいる、とのことだった。

「おら、みんなの顔まで覚えてねえど」

「少なくとも、おらんとうよりは知っているはずでねえか。それで十分だぁ」

付いて行くことになった。

陣の外れの窪地《くぼち》に幕が張られていた。入ると、半助の背丈より深く掘り下げられていた。運ばれて来た死体は、穴の底に横たえられ、埋められるのだ。陣僧《じんそう》が経を読んで送るらしい。僧が床几《しょうぎ》に座っていた。

半助が幕の内に入ると、僧と黒鍬の衆がじろりと見た。

死体が流した血のにおいに寄って来たのだろう、蠅《はえ》や羽虫が飛び交っている。

「仏を見てもらいに連れて来たですだ」釜吉が、黒鍬隊の隊長に言った。

隊長が早く済ませるように、と言って死体を目で指した。

死体には菰《こも》が被《かぶ》せられていた。釜吉が捲《まく》り上げると、頭を黒く覆っていた蠅が一斉に飛び立ち、頭の傷が露《あら》わになった。石の直撃を受けたのか、落ちる時に岩に頭を打ち付けたのか、頭の上半分は砕けていたが、顔は無傷だった。

見覚えのない顔だった。半助は首を横に振った。

「埋めろ」黒鍬隊の隊長が、釜吉と権爺に言い、陣僧に頷《うなず》いた。

釜吉と権爺が男の手足を持って穴の底に下り、寝かせた。僧は穴の縁《へり》に立ち、短い経《きょう》を唱えている。半助は掌を合わせた。

男に親兄弟か嬶《かかあ》がいれば、国に戻った隊将に名乗り出て、どうしたのかと問うだろう。その時、運良く隊将が生き延びており、その隊将が運良く下々のことに気を配ってくれる方なら調べてもくれるだろうが、命《めい》を受けた者がどこまで足軽や手明の者のことまで覚えているか。望みは薄かった。恐らく、抜けた歯のことを暫《しばら》くは覚えているが、ないことに慣れてしまううちに忘れ去るように、男が生まれ、生き、戦いに行ったことすら忘れ去られてしまうのだろう。おらんとうだって、いつまでも覚えちゃいられねえしな。

半助は、土を被せた死体と僧らに一礼し、幕の外に出た。昼から始まる軍議で何が決まるのか、御本家様の陣で待つ佐兵衛を見送らねばならない。

佐兵衛が出掛けた。

戻るまでには少なくとも一刻（二時間）以上はある。もう一度貞松の様子を見に行くと、深傷《ふかで》を負った兵は長窪城に送られた後で、陣幕に残っていたのは浅傷《あさで》の兵だけだった。見張りに立っている足軽に貞松の様子を訊くと、腰に響かないようにと、寝筵の下に厚く刈草を敷いた荷車に乗せられたらしい。足軽に頭を下げ、横田隊の陣に戻った。

半刻（一時間）程して佐兵衛が帰って来た。白湯《さゆ》を飲んでいる佐兵衛に、城攻めがいつになるか、半助が訊いた。

「九日と決まった。我らは右三ノ備《そなえ》だ」

先鋒《せんぽう》が一ノ備で、二番手が二ノ備。三ノ備となると、先鋒と二番手が崖を登るのを崖下で援護するのが務めだった。左右があるのは、崖の右側で城兵の攻撃を迎え撃つか、左側で防ぐかの違いだった。横田隊は、三日の夜襲の時に、城兵が矢を射掛《いか》けてきた右側に配されたのである。

一ノ備と二ノ備を矢弾で援護するのは、崖の上を望める藪《やぶ》に配された四ノ備だった。四ノ備には弓隊と鉄砲《てっぽう》隊が配された。彼らにも左右があった。

「五、六、七日は攻めるに日が悪く、八日は守るに日が悪いということで、九日となったと聞いたが、間が空いてしもうたな」

「こう申しては何でございますが、三ノ備と聞き、安堵《あんど》いたしましたです」

「確かにそうなのだが、それは二度と口にするでないぞ……」

「申し訳ねえことを言っちまったです」

そのように謝らんでもいい。思いは同じなのだからな。佐兵衛が辺りを見てから言った。

「昨夜、崖を登っていた時だ。手を伸ばして探るのだが、摑《つか》める岩がない。さて困ったと思い切り手を伸ばしたら、岩の出っ張りがあった。それを摑み、少しだ。ほんの少し身体をずらしたところに、兜《かぶと》くらいの石が落ちて来た。そいつは、俺《おれ》の頭と肩を掠《かす》めると、下にいた者に当たったらしい。骨の砕ける音と、その者が落ちてゆく音が、まだ耳に残っている……」

運と言えばそれまでだが、俺に当たっていたかもしれぬのだ。

「落ちた御方《おかた》は気の毒でございますが、ご無事でようございました。もし大怪我《おおけが》をされたら、御新造《ごしんぞう》様やお花《はな》様に顔向け出来ねえだ……」

「案ずるな。横田隊が一ノ備として崖を登ることはもうあるまいからな」

「実《まこと》で？」

「それにな、今度は昼なので、鉤縄《かぎなわ》とか縄梯子《なわばしご》も使うらしい。となれば、落ちる者は減るし、崖に上がる者は増えるという訳だからな。まずは、城を落とせるであろうよ」

では、前祝いに。

沸《わ》いている湯に、味噌《みそ》と陣の近くで半助が採ってきた楡木茸《たもぎたけ》と初茸《はったけ》を刻んで落とし入れ、朝炊《た》いた飯に掛け回し、昼餉にした。

「やはり茸《きのこ》が入ると美味《うま》いな」佐兵衛が言った。

「左様でございますだ」

半助は答えながら、貞松はどの辺りまで進んだか、とふと思った。

九月五日の午後から雨になったが、六日の夕方には上がった。濡れて黒ずんで見えていた崖が八日の昼までに乾き、また白っぽくなった。

「いよいよ明日でございますね」

佐兵衛が、干した青菜を落とした味噌雑炊《ぞうすい》を食べながら頷くと、崖を見上げた。崖っ縁《ぷち》に設けた柵《さく》の内側を、兵らが巡回している。

半助が、片付けを済ませ、洗った鍋で薬湯を淹《い》れていると、田所次郎左《たどころじろうざ》がやって来た。次郎左も無傷で引き上げて来た者のひとりだった。御本家様から、よう無事だった、どこにいた、と問われた時、

「五間（約九メートル）程登ったところで滑り落ちてしまい、出遅れているうちに、どんどん石は落ちてくるわ、人は落ちてくるわ、で慌《あわ》てふためいておりました」

と答えたのだが、本当のことではなかった。

大きな岩が行く手にあるのを幸いに隠れていると、落ちて来た石が何個も岩に当たる。火花が散る。次郎左はそこで足がすくんでしまい、動けなくなってしまっていたのだった。

「この戦は、村上《むらかみ》方と言うより志賀《しが》城の残党が相手だからな、恨みの深い分だけしつ

こいだろうな」

「それを言うてはならぬ、と御本家様が仰《おお》せだったぞ。忘れたか」佐兵衛が、声を潜《ひそ》めた。

「そうであったな……」

「何か言いたいことでもあったのではないか」

「それよ、それ」

切り取り隊も城攻めに加わると聞いたのだ、と次郎左が言った。

「佐兵衛殿のところの足軽は、切り取り隊に配されていたであろう」

軍役のため呼び寄せた、百姓の岩次郎《いわじろう》に作蔵《さくぞう》に駒吉《こまきち》の三人であった。

「誰から聞いたのだ？」

「二橋《にはし》様だが」

訊いて来る。佐兵衛が立ち上がった。続こうとする半助を佐兵衛が止めた。

「ここは陣中だ。待っておれ」

佐兵衛の後ろ姿を見送った次郎左が、立ち上がりながら、勝つことは勝つだろうが、と言って言葉を切り、眉《まゆ》を寄せた。

「こっちも何人死ぬかな」

佐兵衛は、それから四半刻《しはんとき》（三十分）後に帰って来た。やはり、岩次郎らは出陣するらしい。

「お会いになれたのですか」

「いいや。切り取り隊は、いの一番に崖を登り、鉤縄と縄梯子を柵に掛けるので、出陣まで陣幕から出られないそうだ」

無事に戻ることを祈るしかないな。佐兵衛が、崖を見上げながら言った。

崖

九月九日。

卯《う》ノ中刻（午前六時）。

小山田出羽守《おやまだでわのかみ》を隊将とする兵三百が崖《がけ》に取り付いた。徒士《かち》隊の他に弓隊と鉄砲《てっぽう》隊も加わっている。

佐兵衛《さへえ》は横田《よこた》隊のひとりとして、崖下右側の防御のため出陣した。

半助《はんすけ》ら小者《こもの》隊は陣の各所に散り、竈《かまど》で火を焚《た》いた。飯は黒鍬《くろくわ》隊と小屋懸《こやが》け隊が、陣を敷いている高台を下り、煙の気配を気取られないところで、夜中から炊《た》き上げていた。既《すで》に炊いた飯の半分は腹の中に収まっている。竈の火と煙は、戸石《といし》城の見張りの者に、まだ陣中で飯を炊いていると思わせるためであった。

崖をよじ登って行く切り取り隊の者らの姿が、蟻《あり》程の大きさに見えた。その大きさならば、動きや身のこなしで誰《だれ》だか分かる。半助は、岩次郎《いわじろう》らを探した。

駒吉《こまきち》は見付け出せなかったが、岩次郎と作蔵《さくぞう》は分かった。手足を巧みに使い、するすると崖をよじ登っている。

矢倉下の門が開き、交替の見回りの兵が出て来た。何やら言い交わし、不寝《ねず》の番をしていた兵が入ると、門が閉ざされた。

新たに見張りに付いた兵らは二十人程いた。彼らは横に広がると、崖の下を覗《のぞ》き込みながら、蟹《かに》のように歩き始めた。

気配を察知したのか、崖上近くまで進んだ者たちは岩に貼《は》り付いている。岩次郎も作蔵もぴくりとも動かない。

「気付かれるでねえぞ……」

半助らが祈っていると、崖下左右の藪《やぶ》から矢が飛び、崖に刺さった。城兵が潜《ひそ》んでいたのだ。

「ああっ」

五郎兵衛《ごろべえ》が思わず呟《つぶや》いた時、崖上の兵が柵《さく》に上り、身を乗り出した。岩次郎らに気付いたらしい。指でさすような仕種《しぐさ》をしている。

崖上が騒然となった。見回りの兵が横に広がり、石を投下し始めた。と同時に矢倉の兵が叫んでいる。太鼓も鳴った。塼地《ぜんち》への門が開き、四十人程の兵が現れ、兵と兵との隙間《すきま》を埋《う》め、槍《やり》を構えた。突き刺し、崖下に落とそうというのだ。

崖下にいた横田隊の佐兵衛らは、藪に飛び込み、弦《つる》の音と降り来る矢から敵の居所を探って駆けた。葉が、枝が、顔に当たる。音に気付いた敵兵が矢を放った。佐兵衛の脇《わき》を掠《かす》めた。

「おのれっ」

佐兵衛はぎりぎりと目を一杯に開くと、喚《わめ》きながら敵兵に突進した。矢を番《つが》える敵兵の手が震えている。まだ幼顔《おさながお》を残している兵だった。矢を番えられず落としてしまっている。隣にいた敵兵が怒鳴り付け、弓を引き絞り、放った。矢は佐兵衛の肩を掠め、木の幹《みき》に刺さった。飛び込みざまに兵を叩《たた》き斬《き》った。震えていた兵が、頭を抱えてうずくまっている。

「立て」佐兵衛が言った。

兵が蒼白《そうはく》になった顔を上げた。兵の目が右に動いた。佐兵衛が横を見ると、次郎左《じろうざ》が駆け寄ってくるところだった。

何をしている？　次郎左が、言いざまに太刀を兵の肩口から斜に斬り下ろした。血が噴き上がり、次郎左と佐兵衛を赤く濡《ぬ》らした。

他の敵の弓隊は逃げたらしい。追った横田隊が戻ってくるのが見えた。

崖下に戻ると、四ノ備《そなえ》に配された弓隊が崖上目掛けて矢を放っていた。矢は柵を越え、土塁《どるい》と矢倉《やぐら》に刺さっている。柵に取り付いて石を落としていた兵が怯《ひる》んだ隙を突いて、岩次郎ら先頭を切って登っている者らが鉤縄《かぎなわ》を投げた。鉄鉤が柵を噛《か》んだ。縄をぐいと引き、岩次郎が岩を蹴《け》り、弾《はず》むようにして崖上に躍り出た。岩次郎の縄を伝い、武田《たけだ》勢のひとりが続いた。更《さら》に続いている。

「来たぞ、来たぞ」

叫んだ城兵に、岩次郎の鎌《かま》が飛んだ。目と目の間に刺さり、跳ね飛んで倒れた。

「ようやったぁ」

柵に上った兵に、矢倉からの矢が飛んだ。三本の矢を受け、兵が倒れた。

「落ちろ」

城兵の繰り出す槍が岩次郎の腹を掠めた。危うくかわし、槍を摑《つか》んで引いた。城兵が柵に足を掛け、踏ん張っている。

「背を借りるぞ。踏ん張れ」

岩次郎の背を蹴り、頭の上を兵が飛んだ。柵を跳び越え、地に着くや城兵を斬り倒した。

岩次郎が左右を見ると、崖を登って来た武田方の兵と城兵が柵を挟んで刃を突き合わせている。柵を乗り越えようとしている者もたくさんいた。

「やれぇ、やれぇ、やるだぁ」

岩次郎は柵の下から石を掴み上げると、柵に上り、城兵に投げ付けた。ぐしゃという音がして、城兵の頭に当たった。

目の前で、柵を越えて行った武田の兵が、城兵に囲まれている。背から槍を受け、動きが止まったところを、四方からなますに斬られている。

「糞《くそ》っ垂《た》れがっ」

石を持ち上げた岩次郎の胸に、腹に、矢倉と土塁の上から放たれた矢が刺さった。振り仰《あお》いだ空がぐるりと回った。倒れた背のところには、岩も土もなかった。すっと空が狭《せば》まり、崖の頂きが遠退《とおの》き、崖を登っている兵らが見えた。背に堅いものが当った。ばきばきと音がし、とがったものが背に刺さった。片手を伸ばし、手に触れるものを掴んだ。

身体《からだ》が宙に止まった。手を見た。灌木《かんぼく》を掴んでいた。

へっへっへっ。思わず笑みが零《こぼ》れた。

おら、死なねえだよ。

言いながら、足の下を見た。何もなかった。崖がすとんと落ちていた。

胸を見た。右の胸に深々と矢が刺さっていた。

腹を見た。腹に刺さった矢は途中で折れていた。

どうすべえ……。

崖を見た。近くに兵はいない。僅《わず》かに身体が下がった。摑んでいる枝の根方を見た。抜けそうになっている。

汗が噴き出した。額を伝った汗が目に入った。拭《ぬぐ》おうとしたが、右の手が上がらない。

参っただよ。

崖を仰いで、見回した。登っている兵の尻《しり》が見えた。股引《ももひき》の破れている兵がいた。岩にしがみ付いている。作蔵でねえか。

おいっ、作蔵。呼ぼうとした時、激しい銃声が起こった。白煙が崖上を覆《おお》い、武田の兵がその中に浮いた。と突然、兵らは落ち始め、後続の兵を巻き込みながら、雪崩《なだれ》のように落ちて行った。悲鳴と骨の砕ける音が、崖を這《は》い上ってきた。

ああぁっ、と半助らは叫んだ。半助らは、竈《かまど》を離れ、赤松の根方に移っていた。そこからの方がよく見えた。

崖の左手の方に道筋を見付けたらしい。細い水の流れのようにくねくねと蛇行《だこう》しながら、崖上にと兵が続いている。崖の頂きの下のところで右手へと広がり、先頭の合図で、崖上に飛び出した。柵を外す者、槍で斬り結ぶ者、矢を射る者、それぞれが役割を心得、ごしごしと城兵を押している。

「そこだぁ、そこだぁ」

五郎兵衛が拳《こぶし》を突き上げた。

だが、再び鉄砲の白煙とともに弓隊の辺りが総崩れを起こし、ぼろぼろと崖から落ちている。

土塁の上から鉄砲隊と弓隊が交互に攻撃をしているのだ。

「奴ら、何挺《ちょう》、持っているだ？」

「十二、三挺のようだけんど……」

「おらんとうの方があるでねえか」

少なくとも四、五十挺はあるはずだった。

「見てみぃ。鉄砲隊が着いたぞ」

二十人程の鉄砲隊が崖の頂き近くに身を潜めていた。一斉に攻撃するらしい。

皆で見詰めていると、西島《にしじま》家の小者の竹三《たけぞう》が半助の肩を叩いた。

「誰かぶら下がっているぞ」

竹三の指差す方を見ると、崖の途中の灌木に摑まっている者がいた。

「ありゃ、岩次郎だ」

「やっぱりそうか……」

左手で枝を摑み、どうにか身体を支えているらしい。

右手はどうしただ？

岩次郎を助けに、岩を回り込んで下りてゆく者がいた。作蔵であるらしい。作蔵は、灌木の上に身を横たえて、手を伸ばしている。

「届かねえ」作蔵が泣き声を上げた。

「泣くんじゃねえ……」

摑んでいる根が更に伸びた。根は既に剝《む》き出しになっている。

「もう駄目《だめ》だぁ」

「諦《あきら》めるでねえ」

「作蔵」

「何だぁ」

「ありがとな」

「何だぁ」

「ありがとうごいした……」

根が抜けた。岩次郎が真っ直《ます》ぐ下に落ちて行った。

「岩次郎」

叫んだ作蔵の背中目掛けて、崖の上から石が投げ落とされた。石は作蔵の背骨を折り、跳ねて転がり落ち、石を追い掛けるようにして作蔵も落ちた。

「ひでえよぉ」

半助が涙と鼻水で顔を濡らしている間に、崖上にいた武田勢は矢と鉄砲弾に押され、槍で突かれ、崖上に辿《たど》り着いた者はことごとく落とされ、また屍《しかばね》を堧地に残した者は、城兵によって崖下に投げ捨てられた。

崖下は死体と深傷《ふかで》の者が折り重なり、助けに走った者にも石と木を削《けず》って作られた槍が投げ落とされ、更なる負傷者が続出した。

惨敗《ざんぱい》であった。

回収した死体は約百八十名に及び、深傷を負った者は約七十名、浅傷《あさで》と無傷の者は、佐兵衛を含む五十名余に過ぎなかった。

深傷の者約七十名の内、十七名がその夜のうちに死に、翌日の昼までに二十名が死んだ。黒鍬隊は夜を徹して穴を掘り続けた。

翌九月十日。武田勢は再度の攻撃を試みたが、やはり百余名の遺体を葬ることになった。城兵は、石のみならず、堧地に大釜《おおがま》を据《す》え、湯を沸《わ》かし、崖に取り付き登って来る武田勢に熱湯を浴びせたのである。

九月十一日。

卜占《ぼくせん》により悪日《あくにち》だとして、城攻めはなく、本陣で軍議が開かれた。

半助ら小者たちは、黒鍬隊の助けとして戦死した兵の墓穴掘りに駆《か》り出された。埋葬を待つ亡骸《なきがら》が筵《むしろ》を掛けて横たえられている。その脇で、半助らは汗を噴き出させながら穴を掘り続けた。

蝿《はえ》が飛び、穴に落ちた蛆《うじ》が這い回り、腐臭が底に溜《た》まる。

亡骸の手足を持ち、底に並べ、土を掛け、穴から上がり、屯食を食い、水を飲み、また日が傾くまで掘る。

夜が更け、雨になった。

急遽雨《きゆうきょ》を突いての攻城が決まった。

出陣は卯ノ中刻。横田隊は、二ノ備となった。先鋒《せんぽう》が崖の中程に差し掛かったところで、登り始めるのである。

九月十二日。

雨は降り続いている。卯ノ中刻ならば、空は明るんでいるはずなのだが、低く垂れ込めた雨雲のため、薄暗い。

崖上に人影はなく、矢倉も静まり返っている。

行けっ、行けっ、という半助らの祈りに後押しされたのか、武田勢が黒く濡れた崖を虫のように登って行く。途中、滑り落ちそうになった者を、後続の者が頭と肩で止め、押し上げている。

雨なので攻城はないと思い込んでいるのか。見回りの城兵が堧地に出て来る気配はない。

流石《さすが》、先頭を行く兵らは、後少しで登り切るというところに達している。

流石《さすが》、戦上手の御館様《おやかた》（晴信《はるのぶ》）だ、と半助らが思った時だった。

柵の向こうで黒い影が立ち上がった。陣笠《じんがさ》を被《かぶ》り、蓑《みの》を着込んだ城兵が待ち構えていたのだ。恐らく武田の動きを読み、夜が明ける前から伏せていたのだろう。城兵らが一斉に石を投げ落とし始めた。

崖に貼り付くようにして登っている兵らに抗《あらが》う術《すべ》はなかった。絶叫が崖に谺《こだま》した。

まだ崖に取り付いたばかりであった佐兵衛には怪我《けが》はなかったが、一歩先を登っていた二橋七五郎《にはししちごろう》の右肩に、跳ねた石が当たった。転がり落ち、腰を打ち付けたらしい。呻き声を上げる七五郎の顔を雨粒が打っている。佐兵衛は崖から飛び降りると、七五郎を崖裾《がけすそ》から引き離しながら空を見上げた。落ちて来る兵が、空を埋める黒い鳥のように見えた。

勝てぬ。この戦は勝てぬ。

佐兵衛は咽喉《のど》まで出掛かった言葉を呑《の》み込み、次々と落ちて来る兵の許《もと》に走った。

半助らは、また墓穴掘りに駆り出された。雨を吸った土は重い。鍬《くわ》の柄《え》が二本折れた。半助らも、この戦は危ないのではないか、と目と目で話し合っていた。

その頃――。

村上義清《むらかみよしきよ》は高梨政頼《たかなしまさより》との和睦を画策していた。共通の敵のためには、手を結ぶべきだ、と考えたのだ。

九月十三日。

村上義清と高梨政頼の和睦が成った時、義清が放っていた細作《さいさく》が、国人《こくじん》の須田新左衛門《すだしんざえもん》が武田方への寝返りを画策しているという動きを掴んで来た。

「真田《さなだ》の使いと度々《たびたび》会うているという噂《うわさ》がございます」

「そのようなことがあって堪《たま》るか。よう調べて参れ。その他の者もだ」

九月二十日。

細作が武田方に内応した国人を調べ上げて来た。須田氏と清野《きよの》氏と寺尾《てらお》氏であった。三氏に背《そむ》かれると、善光寺平《ぜんこうじだいら》と上田平《うえだだいら》への道が分断されることになる。中でも問題なのが、可候峠《そろべくとうげ》を越えたところにある寺尾城と、清野館であった。ともに善光寺平に臨む要衝《ようしょう》の地にあるのだ。細作の知らせでは、事が明るみに出たと悟った清野氏は、逸《いち》速《はや》く寺尾城に逃げ込んだらしい。

「何としても、思い止《とど》まらせてくれる」

九月二十一日。

村上義清は高梨政頼とともに、寺尾城に駆けた。中野《なかの》から寺尾城まで、南に下って七里余（約二十八キロメートル）。二刻（四時間）余の後、寺尾城のある尾根の麓《ふもと》に着いた。

義清は直ちに城に使者を送り翻意を促したが、寺尾太郎左衛門《たろうざえもん》も清野左衛門《さえもん》も耳を貸そうともしない。これまでか。翌朝からの攻撃を兵に命じた。

寺尾城から戸石城まで六里半（約二十五・五キロメートル）。城を抜け出した使いが晴信の陣に飛んだ。

九月二十三日。

戸石城攻めの本陣を発った真田幸隆《ゆきたか》の援軍が寺尾城に着いた時には、城は既に落ちていた。幸隆は、寺尾氏とも清野氏とも、万一の時は、我が命に代えても助けに来る、と約定《やくじょう》していたこともあり、落ちたと噂される越後《えちご》の方まで足を延ばして探したのだが、見付け出すことは出来なかった。そうこうしているうちに、高梨の兵に見付かり、追われ、一旦《いったん》猿《さる》ヶ馬場《ばんば》へと逃げていたために、戸石城を望む本陣に戻り着くのが遅れ、九月二十九日になろうとしていた。

既に晴信には使いを二度送り、ことの経緯は知らせてあったのだが、幸隆が本陣に戻る前日、村上勢が行動を起こした。兵五千余を率いた義清が、寺尾城を発《た》ち、戸石城目指して一路南下し始めたのである。

晴信は、この半月程の間、戦法を変え、南端にある米山《こめやま》城攻めを緒《いとぐち》に戸石城、本城と攻め上がろうとするなど、攻城に努めて来たのだが、徒《いたずら》に兵を損なうばかりであった。

引き上げ時か、と考えていたところに真田幸隆が戻って来たのである。

真田の報を受け、翌九月三十日、晴信は軍議を開き、十月一日卯ノ中刻をもって退却することを決めた。

殿《しんがり》は、買って出た横田備中《びっちゅう》隊となった。

殿《しんがり》

九月三十日。

切り取り隊や黒鍬《くろくわ》隊、小屋懸《こやが》け隊など各隊に配されていた生き残りの足軽が横田《よこた》隊に合流してきた。死なずの釜吉《かまきち》がいた。減らしの権爺《ごんじい》がいた。駒吉《こまきち》もいた。駒吉は首や手足に敵兵から取った褌《ふんどし》を巻き付け、小袖《こそで》を二枚着込んでいた。

彼らは、一か所に集められると、同じ足軽身分の兵に見張られ、その時を待つことになる。その時とは、追っ手の前に人の楯《たて》として立つ時である。

生還の望みの薄い役を申し付けられるのは、駒吉のように軍役の員数合わせのために参陣し、足軽に取り立てられた者や、釜吉らのように手明《てあき》として参陣して足軽部隊に配された者らであった。その彼らを戦の以前から武家に仕えていた足軽が見張るのである。駒吉らには敵が迫るまで武器は渡されないが、見張りの足軽は逃げ出そうとした者を斬《き》るための刀を腰に差していた。

「逃げたら殺す。俺《おれ》に斬られても褒美《ほうび》は出ねえが、追っ手を殺せば褒美がもらえるぞ」

そのおめえ様がおっ死《ち》んじまったら、誰《だれ》に手柄《てがら》を申し立てればいいだ？　と、悪態を吐《つ》きたいところだったが、駒吉らは何も言わなかった。褒美どころの騒ぎではないことを知っていたからだ。

前に敵、後ろにも敵となった駒吉らが生き延びるには、前から来る敵を倒すしかなかった。そして、どうやって逃げるか、だった。戦いながら、こっそりと戦場を離れ、ただ一目散に走る。それしか生きて帰る方法はなかった。

駒吉が算段を考えている間にも、足軽の数は増えていった。

陣から陣へと走り回っている佐兵衛《さへえ》の姿が陣幕の隙間《すきま》から見えた。横田隊が殿《しんがり》であることは、駒吉らにも知らされていた。佐兵衛が残るなら、半助《はんすけ》もどこかにいるはずである。駒吉は陣幕越しに聞こえてくる声に耳を澄ましたが、小者《こもの》らは呼ばれるまでは陣の外れで控えていなければならない。

もう今生《こんじょう》で会うことはねえかもしんねえな。

半助も駒吉も、生きて帰る望みはほとんどなかった。

仕方ねえか……。

駒吉は、これまでに戦場に駆《か》り出されて稼いだ品を思い浮かべた。鍋《なべ》に釜《かま》に、小袖に……。突然、目の前が血で煙った。思い出したくもないことだった。盗みに押し入った屋敷で、刃向かってきたその家の主《あるじ》を鉈《なた》で殴り倒したのだ。頭から血を噴き出しながら命乞《いのちご》いをする主にもう一発鉈を振り下ろした。佐久《さく》の何とかいう宿場だった。主の息子と嫁が飛び掛かってきたので、そのふたりも殺した。岩次郎《いわじろう》も作蔵《さくぞう》も、仕方ねえ、と言ってくれたが、三人を殺した時の手の感触が甦《よみがえ》ってきた。

おらの番が来ただけのことかもしんねえな。

目を瞑《つぶ》っていると、膝《ひざ》を叩《たた》かれた。権爺だった。

「心配《しんぺえ》するでねえ」と権爺が小声で言った。「死なずの釜吉がいるだよ。おらんとうは奴にくっ付いていればいいだよ」

釜吉は、権爺の斜め後ろに腰を下ろし、地べたを見詰めていた。

「そんだな」

駒吉が釜吉と権爺を上手《うま》く使って逃げる術《すべ》はないかと考えていると、陣幕の向こうが俄《にわか》に騒々しくなった。物見《ものみ》が戻って来たらしい。

村上義清《むらかみよしきよ》勢がどこそこまで来ている、という知らせなのだろう。

浮き足立とうとする陣に野太い声が通った。

「静かにせんか。よいか。敵の数より、こちらの兵の数が多いのだ。こちらは引き上げるだけで、向こうより数の上では優位であることを忘れるな」

声の主は横田備中《びっちゅう》であったが、そのようなことは駒吉らには分からない。ただ言われたことが、尤《もっと》もなことであるように聞こえたのは、確かだった。

「そうだ、そうだ」という小さな声が、陣幕の中を埋《う》めた。

逃げられるかもしれない。駒吉は希望の灯火《ともしび》を見出《みいだ》したような気がした。

その頃《ころ》、西島《にしじま》家の陣では――。

肩と足に矢を受けた尾中又左衛門《おなかまたざえもん》と、崖《がけ》を登る途中で肩に石を受け、落ちて腰を打った二橋七五郎《にはししちごろう》が隊を離れ、先に退却することになっていた。佐兵衛は無傷なので殿隊へ組み込まれた。田所次郎左《たどころじろうざ》も、小者の喜八《きはち》も殿組になった。

尾中家の小者の甚作《じんさく》と二橋家の小者の五郎兵衛《ごろべえ》が、済まねえな、と半助に目で言った。

「長窪《ながくぼ》城で会うべ」半助が答えた。

「会うべ」甚作らが声を揃《そろ》えた。

十月一日。

白々と東の空の底が明るんだ頃、退却が始まった。

じりじりとした刻《とき》が流れていたが、横田隊は殿である。すべての兵が退却するまで動けない。

甲冑《かっちゅう》の擦《す》れる音と、小荷駄《こにだ》隊が轍《わだち》を刻む音と、兵らの足音が続いている。藪《やぶ》の向こうに見えていた旗が、騎馬が、徒士《かち》衆の頭が、動き出した。駆け足になっているので、一旦《いったん》動き出すと速い。陣番が来た。

横田隊が背後に気を配りながら、駆け出した。守谷《もりや》の殿様が、岩崎《いわさき》の殿様が、西島の御本家《ごほんけ》様が、進め、と号令を掛けている。佐兵衛と田所次郎左の後ろに付き、半助と喜八も駆けた。息が上がるが、そんなことは言っていられない。前を行く佐兵衛の背を、腰を見て、ひたすら駆ける。

半刻も経《た》った頃だろうか。重い地響きのようなものが迫って来るのを感じ、半助らは近くにいる者と顔を見合わせた。

「追い付かれただか」

御本家様の小者の勘助《かんすけ》が訊《き》いた。御本家様から遅れ、半助の横を駆けていた。

「で、ねえか。おらんとうの後ろには味方はいねえはずだからな」

何も言わず、勘助の足が速度を増した。ずんずんと皆を追い抜いてゆく。

「走れるでねえか」と喜八が言った。

「ちいとの間だ。直《す》ぐにへたばっちまうだよ」

半助の言ったように、間もなくすると歩いている勘助の背中が見えた。

「走らねえと、死ぬぞ」喜八が言った。

「待ってくれろ」

勘助が脇腹《わきばら》を押さえて駆け足で付いて来る。

「待たねえぞ。死ぬのはご免だで」

喜八が走る速度を上げた。隊全体が速度を上げたのだ。半助も必死で足を前に出した。

上りの坂道になった。足の出が鈍り始めた。落ちてゆく者が増えている。

「走れ。坂の上まで必死に走れ」

軍奉行《いくさぶぎょう》の上笹貫次郎《かみざさかんじろう》が馬上から叫《さけ》んだ。

「落ちた者は、助けぬぞ。生きたければ、走れ」

「もう無理でごいす」

言い返した小者が、背に矢を受けて倒れた。

矢は空から落ちて来た。えっ、と空を見上げた半助らの目に、夥《おびただ》しい数の黒い点が見えた。追っ手の放った矢だった。

半助は鍋を佐兵衛に渡し、被《かぶ》るように言い、自分は寝筵《ねむしろ》を頭に翳《かざ》した。

前を走っていた幾人かが倒れ、何人かが腕や背に矢を受けたまま走っている。

佐兵衛の頭の上の鍋に矢が当たり、かんと音を立てて弾《はじ》けて飛んだ。

背後の響きが濃くなった。罵声《ばせい》も怒号も聞こえている。

坂を上り切った。半助は佐兵衛に槍を渡し、鍋を受け取った。

「止まれ」上笹貫次郎が叫んだ。「迎え撃つぞ」

弓矢隊と鉄砲《てっぽう》隊が構え、槍《やり》隊が並んだ。

「引き付けろ」

藪の向こうから村上義清の兵が湧《わ》き出すようにして飛び出して来た。いる。五千に近い数に見えた。

こっちより多いでねえか。誰かが、悲鳴を上げた。

「放て」

三十挺《ちょう》の鉄砲が一斉に火を噴いた。先頭の兵らがばたばたと倒れている。次いで、弓矢隊が矢を射《い》た。鉄砲の弾を掻《か》い潜《くぐ》った兵が、首に、腹に、腿《もも》に矢を受け、地に転がった。

半助らは、やんやの喝采《かっさい》を浴びせ、手にした石を放った。

だが、村上勢は数がいた。死んだ兵を踏み付けて、進んで来た。村上勢の右手から白煙が噴き出し、号音が鳴った。半助の横にいた勘助の頭が弾けて飛んだ。半助の顔に、胸に、勘助の脳漿《のうしょう》と血が飛び散った。三十人程の兵が、一度に骸《むくろ》に変わった。村上勢から喊声《かんせい》が上がっている。半助の背に冷たい汗が奔《はし》った。

「怯《ひる》むな。怯むでない」上笹だけでなく、騎馬の武者が揃って叫んだ。「ここで背を見せれば、的になるだけだ。生きたければ、迎え撃て」

横田隊からも、再び鉄砲が放たれ、矢が射られた。弾道をなぞるように騎馬武者が走り出た。横田家の同心衆《どうしん》だった。槍を手にして振り回し、村上勢の直中《ただなか》に飛び込んでゆく。徒士衆が続いた。村上勢からも騎馬武者と徒士衆が走り出て来た。塊《かたまり》と塊がぶつかった。

一瞬にして、敵味方の区別が付かなくなった。

西島隊も突撃をした。佐兵衛も次郎左も加わっている。半助らも、後に続いた。

歯を食い縛り、歯の間から息を吐き、半助は佐兵衛の脇《わき》を固めた。

佐兵衛の行く手に武者が立ちはだかった。槍をしごいている。

佐兵衛の槍と武者の槍が嚙《か》み合った。武者付きの小者なのだろう、寝筵や兵糧袋《ひょうろう》を身に付けた男が、佐兵衛の横へと回ろうとしている。手にしている鉈を投げ付けるつもりらしい。半助は背に差していた鉈を引き抜くと、男の前に飛び出した。

「おまんの相手はおらだ」

半助の顔には血と脳漿がこびり付いている。形相《ぎょうそう》を見て怯《ひる》んだのか、男が鉈を振り回した。間合は一間（約一・八メートル）ある。刃渡り一尺（約三十センチメートル）に満たない鉈で届く訳がない。戦場での経験に乏しいことが見て取れた。勝ち目はあるかもしれない。

半助は腰を折るように低く構えると、じりと間合を詰めに掛かった。相手が僅《わず》かに足を引いた。引いた分、半助は前に出た。間合が詰まった。男の額から汗が滴り落ちた。

今だ。半助が鉈を振り翳した。と、その途端、男の顔に恐れが走った。精一杯張っていた虚勢《きょせい》が崩れたのだ。わっ、という叫び声を上げて飛び退《の》くと、くるりと向きを変え、逃げ出してしまった。振り向こうともせず、鉈を握り締め、駆けている。

啞然《あぜん》として見ていると、半町（約五十五メートル）程走ったところで、男がふいに弾け飛んだ。流れ弾に当たったらしい。

半助は慌てて佐兵衛を見た。佐兵衛の槍が武者の腹に刺さっていた。

勝っただ。

叫ぼうとして半助は思い止《とど》まった。武者が苦悶《くもん》の表情を浮かべながら、左手で佐兵衛の槍を握り締め、右手に持った槍で佐兵衛を刺そうと狙《ねら》いを定めていた。

佐兵衛は槍を手にしたまま身動き出来ないでいる。

「道連れじゃあ」

武者が大声を張り上げている間に、背後に駆け寄った半助が、武者の右腕に鉈を叩き付けた。具足《ぐそく》の袖に遮られたが、骨を折るには十分であった。右腕が妙な方向にぐにゃり、と曲がってぶら下がり、槍が足許《あしもと》に落ちた。

おのれぇ。振り向こうとして刺さっていた槍の柄で腹が裂けたのだろう。武者が夥《おびただ》しい血を吐き出しながら横倒しに倒れた。

「旦那様《だんなさま》ぁ」佐兵衛の許に駆け寄った。

「ようやった。助かったぞ」

「とんでもねえこんだ。旦那様が刺して倒しただ」

目許《めもと》を拳《こぶし》で拭《ぬぐ》っていると、地響きがした。半助らの四囲だけが嘘《うそ》のように空いているだけで、その向こうでは村上勢と武田勢が激突し、刃《やいば》を交えていた。

「槍を抜いてくれ。御本家様の許に走るぞ」

「承知しましただ」

半助が槍を引き抜こうとしたが、左手で掴《つか》まれている上に、肉が締まり、びくともしない。

「抜けねえですだ」

「何だと」

佐兵衛は二度三度と試すと、脇差で武者の左手指を斬り落とし、腹に足を掛け、柄《え》を捻《ひね》るようにして引き抜きに掛かった。槍と肉の間に隙間が出来たらしい。ぬぽっ、という音がして槍が抜けた。

「御本家様はどこだ？」

ふたりでぐるりを見回した。一町（約百九メートル）程離れたところに茶と黒の縞《しま》に染めた革の馬鎧《うまよろい》を身に付けた馬がいた。御本家様の馬だった。しかし、御本家様の姿は馬上になかった。

「行くぞ」

半助は武者の槍を拾い上げると、佐兵衛の後に続いた。

佐兵衛の槍が御本家様に斬り掛かっていた兵の背を突き刺した。穂先《ほさき》を引き抜くと、即座に横に振った。兵の腹に当たった。兵がよろめいている。そこを半助が刺した。

御本家様は胸と背に矢を受けていた。馬の口取りは背を断ち割られて息絶えていた。従者もふたりが殺され、残りはふたりだった。佐兵衛は従者に、御本家様を馬に乗せ、退却するように言った。

「ここは我らで食い止めます」

「頼むぞ」

御本家様が鐙《あぶみ》に足を掛け、馬に乗った。従者のひとりが手綱《たづな》を取り、駆け出した。気付いた敵兵が駆け寄って来た。槍を振り回し、行く手を阻《はば》んでいた佐兵衛と半助の頭上を風の塊が通り過ぎ、追うように銃声が鳴った。べちっ、という音とともに、重いものが落ちる音がした。御本家様の馬だけが、走り去った。兜《かぶと》を飛ばされた御本家様の項《うなじ》辺りが血に塗《まみ》れている。

佐兵衛が獣《けもの》のような声を上げ、敵兵に突っ込んだ。半助も倣《なら》った。

骨を砕く音がして、兵の陣笠《じんがさ》が潰《つぶ》れた。半助も槍を縦に振り下ろした。兵の腕を砕いたらしい。

ふたりの正面に敵兵の塊が見えた。敵兵の前が白く煙った。

「伏せろ」佐兵衛が叫んだ。

次の瞬間、鉄砲弾が風を切って通り過ぎた。

敵兵は鉄砲隊、弓隊、槍隊と三段になって横一列に広がり、鉄砲を放ち、矢を射かけながら進んで来ていた。それが三組並んでいた。

弾に当たり、岩崎家の当主・光右衛門《みつえもん》が馬から転がり落ちた。腹巻に穴が開き、血が迸《ほとばし》り出ている。

守谷家の当主も胸と腹に弾を受け、佐兵衛らの見ている前で事切れた。

「横田備中、討ち取ったり」

戦場に敵兵の声が響いた。

どこだ？　声の出所を探した。戦場の中程で敵兵が小躍りをしているのが見えた。

敵兵の歓声が、響動《どよ》めきに変わっている。

横田家の同心衆もことごとくが討ち取られたらしい。姿がない。殿を受け持っていた横田隊の糸がぷつりと切れた。生き残っている者が、我先にと逃げ出し始めた。

「これまでだ。俺たちも逃げるぞ」佐兵衛が言った。

佐兵衛が駆け出した。半助も懸命《けんめい》に駆けた。槍が重い。捨てろ、と佐兵衛が叫んだ。

半助は槍を放《ほう》り捨て、佐兵衛の後から駆けた。

退却する横田隊の一団の姿が斜め前方にあった。その左右にも、敗走する姿があった。佐兵衛の足が右の群れに向いた。追っ手は、数の多い方を選ぶ。少人数を追っても、手柄の種が少ないからだ。その分、生き延びられると踏んだのだ。

銃声が背後から追い掛けて来た。矢も降り注いでいる。中央の一団から絶叫が聞こえてきた。ぼろぼろと倒れている。

誰の馬か、馬だけが何か太い紐《ひも》のようなものを引き摺《ず》りながら駆け抜けて行った。腸《はらわた》だった。傷口から飛び出したのだろう。腸の先が、倒れている兵の兜に絡み、ぴんと張った。と見るや、腹が裂け、臓物がずるりと腹の外に飛び出し、水の袋を叩き付けたような音がして落ちた。馬はそのまま数間走ったところで、頭から地面に突っ込んで倒れた。

その脇を佐兵衛と半助は駆け抜けた。腸が千切れて散乱している。飛び越えた。

振り向くな。前だけ見ろ。佐兵衛が怒鳴った。

後ろは見なかった。前だけ見た。半助の息遣いが聞こえるのだろう。

そうだ、と佐兵衛が言った。

半助の背中で、かん、と音が鳴った。矢が鍋に当たったらしい。

おらはまだ、付いているだ。半助は己に言い聞かせた。
「おうっ」という声がした。追い抜いた徒士衆が発したものだった。
田所次郎左と小者の喜八だった。
「生きていたか」佐兵衛の歯が白く光った。
「当たり前だ。こんなところで死ねるか」次郎左が言った。
喜八の股引《ももひき》が濡《ぬ》れていた。小便《ゆばり》を漏らしたらしい。
半助と喜八は、佐兵衛と次郎左の後から藪に飛び込んだ。

裏切り

藪《やぶ》の中は、兵の足音と具足《ぐそく》の立てる音で溢《あふ》れていた。木の間から具足を身に付けた兵の姿が見える。相当数の兵が逃げ込んでいるらしい。

獣道《けものみち》がゆるく艮《うしとら》（北東）の方に曲がっている。

「こっちでいいのか」佐兵衛《さへえ》が次郎左《じろうざ》に訊《き》いた。

「分からん。が、見てみろ」

左手の藪を兵らが駆《か》けている。右手の藪を駆けていた兵の姿は離れてしまったのか、見えない。

追っ手の声と藪を漕《こ》ぐ音が迫ってくる。

「任せろ」と次郎左が言った。「糒《ほしいい》の恩を返させてくれ」

「分かった」

次第に逃げる兵の影が数を増していた。付いて来い。次郎左の足が地を蹴《け》った。

四半刻《しはんとき》（三十分）も走ると坂道になった。上り切った藪陰で、落ち延びて来た三十人程の兵らが座り込んでいた。息が荒い。吐いている者もいた。

戸石《といし》城に来る時には通らなかった道だった。

「どの辺りにいるのか、分かるか」次郎左が佐兵衛に訊いた。

「任せろ、と言ったのは誰《だれ》だ？」

味方がいたことで、佐兵衛に少し余裕が出たらしい。

「そう言うな。分かるか」

見渡していた佐兵衛が、恐らく、と子《ね》の方角（北）を指して言った。

「あれが東太郎《ひがしたろう》山。こっちが」と卯《う》の方角（東）を指した。「虚空蔵《こくぞう》山。とすると」

午《うま》の方角（南）に顔を向けた。この方向に行き、千曲川《ちくまがわ》を越えて尚《なお》も行けば長窪《ながくぼ》城に出るはずだ。

「では、酉《とり》の方角（西）に向かおう」次郎左が言った。

上田《うえだ》に出てしまうことになる。

「遠回りになるぞ」佐兵衛が言った。

「だからだ。見ろ」

よろと立ち上がった兵らの何人かが艮の方角に走り出し、何人かが午の方角に走り出した。艮には真田《さなだ》本城（松尾城）があった。だが、既《すで》に村上《むらかみ》方に囲まれているはずであった。午は誰もが考える方角である。追っ手は間違いなく、午の方角に走るだろう。

「ここは酉だ。追っ手の数も少ないはずだ」

追っ手の声が近付いて来ている。迷っている暇はない。佐兵衛は断《だん》を下した。

「よし。任せた」

後は走るだけである。藪に入りこみ、駆けた。何人かが後から付いて来ている。待ってくれ、と叫んでいる者もいた。待ってなどいられない。それに、身を隠しながら駆けなければならない時に大声を出すとは、何という奴だ。振り払うようにして藪に分け入った。

半刻（一時間）近く走ったところで先頭を走っていた次郎左が止まっている。どうした？　追い付いた佐兵衛が訊いた。

次郎左が、前方の大岩を顎《あご》で指した。

「誰か、いる」

「先回りされたのか」

「あり得ん」

このままでは埒《らち》が明かない。徒《いたずら》に時が経《た》つだけである。

「誰かいるのか」佐兵衛が言った。「隠れているなら、出て来い。こちらも出て行く」

岩陰から声がした。

「その声は、雨宮《あまみや》か。雨宮佐兵衛か」

佐兵衛は次郎左と目を見合わせてから、武田《たけだ》方か、と訊いた。

「おらでございます」二橋七五郎《にはししちごろう》の小者《こもの》・五郎兵衛《ごろべえ》が岩陰から出て来た。

「何ゆえ其《そ》の方が」と言ったところで、先程の声の主《ぬし》が二橋七五郎であることに、思いが至った。

どうして、このようなところに？　疾《と》うに退却したはずではないですか。大岩から半身を覗《のぞ》かせた二橋に訊いた。

「足首をくじいてしまったのだ」

駆け寄って見ると、右の足首が腫《は》れていた。

追っ手を気にして振り返った時、窪《くぼ》みに嵌《は》まり、ひどく捻《ひね》ってしまったらしい。ともに逃げていた者らに肩を貸してくれるよう頼んだが、肩を貸すどころか、立ち止まる者さえなかった。そこで、このままでは追い付かれるからと、脇《わき》に逸《そ》れたのだと言った。

「歩けぬのだ……」

二橋は大柄《おおがら》ではなかったが、小柄でもなかった。五郎兵衛ひとりでは担いで逃げたとしても、長くは保《も》たないだろう。

「頼む。連れていってくれ」

「お願いしますだ」

五郎兵衛が地べたに手を突いた。

遠く微《かす》かに武田の兵が休んでいた坂の方から、刃《やいば》を打ち付け合う音と叫《さけ》び声が聞こえてきた。半刻走った分遠《とお》退いていれば聞こえないはずだが、聞こえてきたことが不気味だった。刻《とき》だけ経ったが、距離を稼いでいなかったのだ。その状態で、二橋を抱えるのは己《おのれ》らの身も危うくすることだったが、見捨てることは出来ない。

「勿論《もちろん》お連れいたします」佐兵衛が言い、次郎左に訊いた。「それでいいな？」

次郎左が、答える代わりに、喜八《きはち》に肩を貸すように命じた。

五郎兵衛と喜八に両側から支えられ、跳《は》ねるようにして二橋が走り始めた。

次郎左が苛立《いらだ》ちを見せ始めた。無理もなかった。明らかに走る速度が落ちている。二橋を両側から抱えるということは、三人が並んで走ることになる。藪の中に、そのように幅のある場所は少なかった。縦になったり、岩を乗り越えたりしている間に、追っ手との距離が詰まっていた。枝を払いながら追尾して来る追っ手の気配が背後からじわじわと迫ってきた。

科《しな》の木の根方に兵がいた。深傷《ふかで》を負っているらしい。胸と足が血で濡《ぬ》れていた。刀を手に、目を炯々《けいけい》と光らせて佐兵衛らを見ている。腰に差した合印《あいじるし》に気付いたのか、ふっと力を抜いて、

「村上方かと思うたわ」

早く行け、と言った。

「儂《わし》に構うな。追い付かれるぞ」

詫《わ》びてから、名を訊き、水を差し出した。

「末期《まつご》の水は諦《あきら》めていた。かたじけない」

一口含むとゆっくりと飲み干し、追い立てるように手を振った。

少し離れたところで半助《はんすけ》が振り返ると、武者は眠っているように木に凭《もた》れていた。

「急げ」と次郎左が、半助ら小者たちに鋭く言い放った。

少し走る速度が上がった。葉が、枝が、流れ始めた。

追っ手が、先程の兵を見付けたのだろう。笑い声が起こっている。

五郎兵衛が、突然二橋の肩に回していた腕を振り解《ほど》き、後退《あとじさ》りをした。どうした？

二橋の言葉に首を横に振って答えると、呻《うめ》き声を上げて、藪に駆け込んでしまった。追い付かれると読み、逃げたのだ。

「戻れ」

怒鳴った次郎左を佐兵衛が止めた。声が追っ手に聞こえてしまう。

もういい、と二橋が言った。これまでだ。

「俺《おれ》を捨てて逃げろ」

佐兵衛らが生き延びるためには受け入れるしかなかった。

「済みませぬ」

「言うな。俺はここで時を稼ぐゆえ、逃げろ。但《ただ》し、頼みがある」

倅《せがれ》に、と差し出された形見の脇差《わきざし》を預かり、佐兵衛らは一列になって駆け出した。

二橋の放った絶叫が背後から聞こえた。


喜八が木の根に足を取られて転んだ。木の間の隙間《すきま》から、小さな青い空を見上げたまま、激しく息をしている。咽喉《のど》が鳴っている。起き上がらない。

「起きるだ」半助が呼び掛けた。「先に行っちまうぞ」

「もう走れねえ」

「走れなくとも走れ。止まれば死ぬだけだぞ」

喜八が、よろと起き上がったのを見て、走り出そうとした時、藪のあちこちから追っ手と思われる兵らの声がした。

佐兵衛が腰を屈《かが》めて前方を指し、走り出した。次郎左が続き、半助らも続いた。

梢《こずえ》が鳴り、山鳥が飛び立った。

「向こうに誰かいるぞ」

背後の藪の向こうから追っ手の声が聞こえた。振り返る余裕はない。足許《あしもと》と前を行く次郎左の背を見て、半助は走った。

追っ手が左右に割れたらしい。藪から起こる音が広がった。

「こっちも、二手に分かれよう」と次郎左が佐兵衛に言った。「運がよければ、片方は逃げられる」

四人纏《まと》まっていたのでは、隠れるにも場所が要る。ふたりなら窪みに伏せれば、どうにかやり過ごせるかもしれない。

佐兵衛主従と次郎左主従に分かれることにしたが、脇は追っ手に塞《ふさ》がれていた。併走しているうちに、古木が倒れたのだろう、ぽっかりと開けた、小さな原に出た。そこで二手に分かれ、藪に入りこんだ途端、追っ手が原に雪崩《なだ》れ込んで来た。十人程いた。

「探せ」と追っ手の隊将が叫んだ。「辺りに潜《ひそ》んでいるはずだ」

半助らが隠れた藪は、葉群《はむ》れが薄かった。一溜《ひとた》まりもなく見付かってしまうのではないか、と半助は地べたに顔を押し付けて震えていたのだが、追っ手の足音は、近付いたかと思うと通り過ぎてしまっている。数人ずつ固まって探っているのだが、どこを見ているのか、半助らを見過ごしている。顔をそっと上げると、左手の藪の下草に潜んでいる次郎左らが見えた。地面に貼《は》り付いていた。

追っ手らは、右手の藪を槍《やり》で突いている。逃げ切れるかもしれない。そっと息を継いでいると、隊将の声がした。

「もう一度、しっかりと探せ」

兵らが、藪に槍を突き刺しながら広がり始めた。

佐兵衛が半助に頷《うなず》いて見せた。万一の時は、走るぞ。目で、そう言ったのである。次郎左らにも思いを伝えようと、ふたりで左手の藪に目を遣《や》ると、次郎左が何かを拾い、追っ手の目を掠《かす》めて、こちらに放《ほう》った。半助らの隠れている藪の近くで、かさっという音がした。

追っ手の兵が一斉に、半助らのいる藪を見た。

「いたぞ」ひとりが、半助に気付いて叫んだ。

「おうっ」残りが駆け寄り、身構えた。

「ふたりだ。ふたりいるぞ」先頭の兵が知らせた。

「捕らえろ」隊将が命じた。

兵らが藪に飛び込もうとするのと同時に、半助が次郎左らに叫んだ。

「お殿様、今でございますだ。お逃げくだせえ」

「お殿様……だと」

追っ手らが半助の見ている方に顔を向けた。

「おらんとうが引き付けておきますだで、早く、早く」

追っ手に目を向けられた次郎左と喜八が藪の奥へと逃げ込んだ。

「追え」隊将が怒鳴った。

「この者らは？」追っ手のひとりが訊いた。

「雑魚《ざこ》は手柄《てがら》にならん。捨てておけ」

隊将も、兵の後を追うように駆け出してしまった。

「助かった……」佐兵衛が自らに言い聞かすように言った。

「助かっただぁ」半助も声を絞り出した。

行くぞ。戻って来るかもしれぬからな。

佐兵衛と半助は、追っ手の消えた方とは逆の藪に分け入った。

「おら、申し訳ねえことぉしたのでございましょうか」

駆けながら半助が佐兵衛に訊いた。

「仕方ないことだ。卑怯《ひきょう》なことをしたのは、次郎左だからな」

気にするな、と言い、それにしても、と言葉を継いだ。

「お殿様には驚いたぞ。よくぞ、思い付いたものよ」

「へへへっ」

と半助が頭の天辺《てっぺん》を掻《か》いた。

久し振りに笑ったような気がした。

逃げられるかもしれない。半助は佐兵衛の背を見ながら、ふと思った。

合印

佐兵衛《さへえ》と半助《はんすけ》は一本の槍《やり》の穂先《ほさき》と石突《いしづき》をそれぞれ持ち、呼吸を合わせ、小半刻《こはんとき》（三十分）の間、走り、歩きを繰り返し、追っ手との距離を稼いだ。もう四囲を見渡しても人の気配はない。どうやら振り切ったらしい。

「安心するのは、まだ早い」

佐兵衛は更《さら》に四半刻《しはんとき》（三十分）、走りと歩みを重ね、ようやく休みを取った。

竹筒《たけづつ》の水は残り僅《わず》かしかなかった。遠慮する半助を叱《しか》り付け、半分ずつ飲むと、佐兵衛は草の上にごろりと横になった。胸の辺りが盛り上がり、沈んだ。

「まさか、であったな……」

「村上《むらかみ》様とは、どうも相性がよくないように思いますだ」

二年前の天文《てんぶん》十七年（一五四八）二月、武田晴信《たけだはるのぶ》は上田原《うえだはら》で村上勢に敗れた。重臣の板垣信方《いたがきのぶかた》や甘利虎泰《あまりとらやす》を失う大敗であった。

「偶々《たまたま》のことだ。次の時は負けぬ」

「出過ぎたことを申しましたですだ……」

「いや。本音を言うと、俺も半助と同じ思いだ。だが、武田の者として、そうは言えぬのだ。次は勝つ、としかな……」

少し休め。佐兵衛に言われ、半助も草の上に寝転んだ。手足の先から、
疲れが抜け落ちてゆくような心地よさがあった。

程なくして、どこかでこそり、と音がした。んっ、と佐兵衛と半助が頭をもたげると、鍬《くわ》や鋤《すき》を手にした百姓が五人、藪《やぶ》から飛び出して来た。

「武田ん方の落武者だな」刀を持ち、胴丸《どうまる》を付けた男が言った。

「身包《みぐる》み脱いで置いて行けえ」鍬を持ち、小袖《こそで》を着た男が続けて言った。

「さもねえと、抉《えぐ》るぞ」鎌《かま》を持ち、汚れていない股引《ももひき》を穿《は》いた男が乱杭歯《らんぐいば》を見せた。

「足が震えてるでねえか」竹槍《たけやり》を持ち、脛当《すねあて》を付けた男が、小躍りして見せた。

「何か言わねえか」鉈《なた》を振り翳《かざ》した男が言った。籠手《こて》を付けていた。

佐兵衛は立ち上がると、正直に言え、と言った。

「襲った者をどうした？」

小袖の襟に血が付いていた。

「殺したのか」

「だったら、何だ？　おめもそうしてくりょか」胴丸が言った。

「汝《うぬ》ども、許さん」

佐兵衛は刀を半助に投げ渡すと、己はものも言わずに槍の穂先を胴丸の胸板に突き立て、素早く引き抜いた。一瞬凍り付いた後、悲鳴を上げて逃げようとした鍬に、槍を投げ付けた。槍が鍬の背から腹に突き抜けた。

「ひとりも逃さぬ」

佐兵衛が脇差《わきざし》を抜いて竹槍に走り寄って行くのを目の隅《すみ》で見ながら、半助も刀を抜いて、鉈に斬《き》り掛かった。鉈の手首を掠《かす》めて刀が流れたが、筍庵《じゅんあん》に教えられたように即座に刀を返すと、上手《うま》い具合に首にぶち当たった。首の骨がごきっという音を立てて折れ、鉈が白目を剝《む》いて地に沈んだ。腰を抜かし、それらを見ていた乱杭歯が手足を使って藪に駆《か》け込んだ。追い付いた佐兵衛が、血に濡《ぬ》れた脇差を乱杭歯の背に叩《たた》き付け、転んだところを刺した。

瞬く間に五人の百姓が骸《むくろ》となった。

佐兵衛は肩で大きく息をすると、半助の手から刀を抜き取りながら言った。行くぞ。

刀を鞘《さや》に納め、腰に差している佐兵衛に、半助が言った。

「あの……」

「何だ？」

「着替えた方が、いいんでねえでしょうか」

このままで逃げるより、百姓に化けた方が見咎《みとが》められないのではないか、と半助は続けた。互いの身形《みなり》を見た佐兵衛が、頷《うなず》いた。

「よう気が付いたな」

足許《あしもと》に倒れている百姓の骸を見た。血に濡れていた。そのまま着たのでは、斬り殺して剝《は》いだのが丸出しである。

死体を引き摺《ず》って来て、並べた。

血に濡れていないのは、鉈の野良着《のらぎ》と股引と、乱杭歯の股引だけだった。十分だった。半助の着替えとして継ぎだらけの筒袖《つつそで》が一枚あった。

百姓らの着ているものを取った。褌《ふんどし》は五人のものすべてを取った。

「それもか」佐兵衛が訊《き》いた。

「万一怪我《けが》した時のためでごいす。巻き付け、縛るのに按配《あんばい》がいいんで」

「そうか……」

持ち物を調べた。食べ物は粟《あわ》と稗《ひえ》と、干した青菜に塩と味噌《みそ》を持っており、水は五人の分を集めると竹筒四本が一杯になった。一本を半分ずつ飲み、着替えに移った。

佐兵衛が籠手と脛当を外し、半助とともに百姓らの草鞋《わらじ》を履いた。足袋《たび》と軍用《いくさ》に頑丈に編まれていた草鞋は捨てた。

佐兵衛の褌は真新しい木綿のものである。半助は脱がすと己《おのれ》の洗い晒《ざら》しのものを付けさせた。百姓に真新しい品は似合わない。そして鉈が身に付けていた野良着と股引を穿かせ、半助も乱杭歯の股引に替え、上は継ぎの当たった筒袖に着替えた。

ふたりとも百姓風体《ふうてい》になった。次は、佐兵衛の髪である。

兜《かぶと》を被《かぶ》るので髷《まげ》を解き、後ろでひとつにまとめていた。半助は窪《くぼ》みに穴を掘ると、そこに水を垂らした。髪油にするのである。

土を練り、髪に付け、何とか百姓の髷らしい形に結い上げ、褌の紐《ひも》を元結《もとゆい》にして固めた。

「笑い話になるな」

「筍庵様が腹をお抱《かか》えになりますだ」

股引の端《はし》を縛り、食い物を落とし込み、背に担いだ。その時になって初めて、碁石《ごいし》金《きん》の始末に迷った。

「どこに隠しておこうか」

戦の時に使う、端を首に掛ける褌ではなく、普段使う褌の場合、前垂れがひらひらしないように、先を瘤《こぶ》に結ぶことはよくすることだった。碁石金をふたつに分け、互いの褌の瘤の中に隠すことにした。

佐兵衛と半助は、百姓の死体を窪地に移し、草を被せると、佐兵衛が着ていた小袖で胴丸や脛当などを包《くる》み、その場を離れた。どう見ても、戦場荒しの百姓であった。戦場荒しは厳罰である。見咎《みとが》められると厄介なことになるかもしれない。具足の類《たぐい》は隠しておくことにした。生きて帰れた時は、後日取りに戻ればいい。

二橋七五郎《にはししちごろう》から預かった脇差と、雨宮《あまみや》家伝来の槍だけを残し、他のものは倒木の下に埋《う》めた。槍も穂先があればいいからと、柄《え》を穂先から三尺（約九十一センチメートル）のところで斬り落とした。それだけの長さを残したのは、せめて身を守る武器だけは持っていようという思いからだった。脇差は半助が股引に入れて鍋《なべ》などとともに担ぎ、手には鍬を握った。槍は佐兵衛が股引で包んで手に持った。

このまま進むとどこに出るのか分からなかったが、逃げて来た方向と逆の方へと進んだ。少なくとも追っ手とは会わないだろう。

佐兵衛と半助は遅れを取り戻す勢いで走り、時に歩いた。

半刻（一時間）程行くと、藪を透かして兵の姿が見えた。見えた時には、気付かれていた。兵は騎馬武者ひとりと十人程の従者であった。従者が何か叫びながら、藪を突き抜けて来た。佐兵衛の顔が武者の顔付きになっている。

「駄目《だめ》ですだ」と半助が言った。「ここは、おらに任しておくんなせえ」

口を開け、だらしなくしていてくりょ。返事は、ううっか、へえっだけしか言っちゃなんねえだよ。

佐兵衛が答える前に、兵に取り囲まれてしまった。

騎馬武者が何者か、と問うた。

「おらんとうは、背振《せぶり》村のもんでごいす。金剛寺《こんごうじ》村に従兄弟《いとこ》がいるだで、武田ん方から守りに来たんだけんど、皆とはぐれちまって……」

佐兵衛が手にしているものを訊かれた。槍を包んだ股引だった。

「槍でごいす」半助が答えた。

「何ゆえ、そのようなものを持っているのだ?」

村の衆と歩いていたら、武田の落武者に出会《でくわ》した。そいつが振り回した槍が木の幹に当たって折れたので、もらったと答えた。

「隠していた訳を言え」

「そら当たり前だ。戦場荒しと間違えられると、お咎めを受けるでねえか」

「その口の利き方は何だ」従者が半助に詰め寄った。

武者は兵を手で制すと、その者はどうしたのか、と問うた。

「皆で石をぶつけてやったら、向こうの方に逃げたでごいす」と、あらぬ方を指差して言った。「おらんとう、恐いから反対の方に駆けたら、ばらばらに……」

「間違いないか」武者が佐兵衛に訊いた。

「へえっ」佐兵衛が口を開いたまま答えた。

「其《そ》の方、名は？」

「佐兵衛……」

「名は？」半助に訊いた。

「半助でございますだ」

相分かった。武者が従者に何事か命じた。従者が合印《あいじるし》を差し出した。棒の先に小旗の付いた腰差しで、丸に上と書かれていた。

「村上方の合印だ。腰に付けておれ」

「おらんとうも村上様の家来になれたんだか」

「まあ、そのようなものだ」

「ありがてえよお。おら、村に戻ったら威張るだ」

「そうか」

「お殿様は、何と仰《おっ》しゃいますですか」

「儂《わし》か。里田孫右衛門《さとだまごえもん》だ。何かあったら訪ねて来るがよい」

半助と佐兵衛は地べたに手を突き、額を擦《こす》り付けた。

里田らは、半助が教えた方へと藪を抜けて行った。

足音が消えるまで頭を下げていた佐兵衛が、顔を起こすと半助に、上手いものだな、と言った。この先はそなたが頼りだ。頼むぞ。

「勿体《もったい》ないことですだ」

千曲川《ちくまがわ》の方へ更に一刻半（三時間）程歩き、夕刻前に大岩の陰に塒《ねぐら》を拵《こしら》えた。

村上方の合印があるので、怯《おび》えずに火を使えたが、暗くなってからでは目立ち過ぎる。日のあるうちに、と思ったのだ。鍋に粟と稗を落とし、煮立《にた》ったところで糒《ほしいい》と干した青菜と味噌を入れ、椀《わん》によそって、ふうふう言って食べた。

腹も満ちた。鍋も椀も片付けた。後は寝るだけである。

長い一日が終わろうとしていた。これが、後何日続くのか、とふたりで顔を見合わせていると、突然藪が鳴った。兵が走り出して来た。

「動くな」

隊将なのだろう。刀を突き出して、進み出て来た。兵らがぐるりを取り囲んでいる。逃げ場はない。隊将が、何者だ、と言った。武田方か。

肝取り

「おらは背振《せぶり》村の半助《はんすけ》ですだ。こっちは佐兵衛《さへえ》。怪しいもんじゃねえです」

兵のひとりが腰に差した合印《あいじるし》に気付き、隊将に告げた。

「どうして持っている？　さては、盗んだのか」

兵らが槍《やり》を構えた。弓兵は弦《つる》を引き絞っている。

「待ってくりょ。そんなんじゃねえだよ」

「何がどう違うのか、申せ」

半助は里田孫右衛門《さとだまごえもん》の名を出した。

「武田《たけだ》の残党を見たら大声を出せ、と言われてもらっただ。手柄《てがら》を立てたら褒美《ほうび》をくださる、と約束もしてくださっただ」

だから、おらんとうはここで見張りに付いていただ。半助が言い、佐兵衛が頷《うなず》いた。

「里田様からか。そうか」

だがの、里田様の仰《おお》せでも、ふたりでは危ない。我らの陣に来るように、と隊将が諭《さと》すように言った。

「付いて参れ」

「おらは、喧嘩《けんか》ぁ強いから大丈夫ですだ」

「来れば飯を食わせてやるぞ。何かあってからでは、褒美はもらえぬぞ」

「そりゃ困るだ」

しつこく断ったのでは疑われる心配も出て来る。

「行くべえ、と佐兵衛に言った。行くべえ、と佐兵衛が答えた。

「ありがとうごいす」ふたりで頭を下げ、隊の最後尾に付いた。

追っ手の陣は、十町（約一キロメートル）程離れた原に敷かれていた。兵らが八十人程いた。

ふたりは屯食《とんじき》と汁をもらい、陣の隅《すみ》で小さくなって食べた。どこに誰《だれ》がいるか、分からない。目立たないに越したことはない。

陣の真ん中に兵らが集まり始めていた。何かが始まるらしい。兵らは輪になり、歓声を上げている。

足軽がひとり、半助らの方に駆けてきた。先程槍を突き付けてきた兵だった。

「見に来いや。面白《おもし》れえぞ」

「何が始まるだか。ちっと教えてやっておくんなせえ」

「そりゃ見てのお楽しみよ」来いよ、と言って足軽が跳《は》ねるようにして輪に戻って行った。

「行くしかねえと思いますが」半助は佐兵衛に言った。

「隅から見るか。それにしても、妙な成り行きになったな」

「筍庵《じゅんあん》様に土産話《みやげばなし》が出来た、と思えばいいんでねえでしょうか」

「そうだな」

佐兵衛と半助は指に付いた飯粒を前歯でこそげ取り、汁を飲み干すと、輪の外に立った。

見張りの兵を除いたすべての兵が輪を作っていた。西の隅に、武田方の兵なのだろう、捕らわれている者がいた。手足を縛られたのがふたりと、倒れている者がひとり。計三人であった。目を凝《こ》らした半助が、思わず息を呑《の》んだ。田所次郎左《たどころじろうざ》と五郎兵衛《ごろべえ》と、倒れているのは喜八《きはち》だった。喜八は既《すで》に息が絶えているように見えた。

「旦那様《だんなさま》……」半助は囁《ささや》くように言うと、目で三人を指した。

「何だ……」

佐兵衛が半助の見ているものを目で追い、石のように固まった。

半助は輪をぐるりと見回した。兵らは興奮し、引き攣《つ》ったように笑いさざめいている。

佐兵衛が、これから、と言った。何が起こるか分からんが、決して騒ぐなよ。

半助は懸命に頷いた。

輪になっている兵らが、地べたを叩《たた》き始めた。音の調子が高まったところで、立派な腹巻を付けた武将が、中央に進み出て、そろそろやるか、と大声で皆に訊《き》いた。兵らが喝采《かっさい》で答えた。武将は、手を上げて静めると、

「肝取《きもと》りを見たことのない者はいるか」と輪になっている兵に尋《たず》ねた。

初陣《ういじん》の者もおりゃあすけえ、と誰かが言い、どっと沸いた。そうか、そうか。武将が見えるところに出て来い、と前に出て来るように言っている。

「肝取りとは、何でやすか」半助が佐兵衛に小声で訊いた。

佐兵衛が黙るように言った。夜目にも分かる程、顔が張り詰めていた。半助は黙った。

「教えてくれようかいの」

武将が喜八の亡骸《なきがら》を持ってくるように命じた。襟首《えりくび》を摑《つか》まれ、喜八がずるずると引き摺《ず》られて、武将の足許《あしもと》に置かれた。

従者が手際よく、喜八の身に付けているものを剝《は》ぎ取った。褌《ふんどし》ひとつになった喜八

が仰向《あおむ》けになっている。

「よいか。これは胆力を、ものに臆《おく》せぬ気力を練《ね》るにはもってこい、と言われているものでな。どうするか、今やって見せよう程に、よう見ておれよ」

兵らが歓声を上げた。

武将はそれに応《こた》えると、喜八の腹に嚙《か》み付き、肉を嚙み千切り、腹に手を突っ込んだ。んっ、んっ、と二度程腹の中を掻《か》き回してから、面倒じゃ、と腹を割《さ》いた。腸《はらわた》が飛び出した。

「こいつは草をよう食っていたらしいな。鹿《しか》並に腸が長いぞ」

兵らを笑わせている合間に肝（胆囊《たんのう》）を探り当て、引き千切って翳《かざ》した。茄子《なす》のような形をした肝が指先からぶら下がっている。

「肝を取った者には褒美が出る。金の粒だ」

従者が小さな革袋《かわぶくろ》を見せた。

「やりたい者は、前に出よ」

四十人程の者が立ち上がり、進み出た。

「よし。だが、ひとりに当たるには、多過ぎるでな。半分はふたり目に回れ」

武将が、兵をふたつに分けた。兵らは着ているものを脱ぐと、褌ひとつになった。

「引き出せ」

武将の命を受け、五郎兵衛が引き摺り出された。舌を噛み切らないようにと、竹が噛ませられていた。泣き、喚《わめ》き、暴れているが、縛られた上、足首の腱《けん》も斬《き》られているらしい。血に染まり、ぶらぶらとしている。五郎兵衛が突き倒された。

「仕度はよいか」

「おうっ」と兵らが叫んだ。

従者が脇差《わきざし》で五郎兵衛の縄を切った。両手の指の爪《つめ》を立て、這《は》って逃げようとしている。

「始めい」

武将の声とともに、兵らが五郎兵衛に飛び掛かった。腕を振り回していたが、押さえられ、折られている。五郎兵衛の腹に噛み付こうとした者同士が頭を打ち合わせ、ひるんだところを外に放《ほう》り出された。新手が噛み付いているが、五郎兵衛が動くので噛み付けないでいる。

「臍《へそ》だ」と誰かが叫んだ。

「臍を突き刺すのだ」別の誰かも叫んだ。

「人差し指では折れちまうぞ。親指の爪を立て、鷲摑《わしづか》むようにして刺すんだ」更に別の誰かが大声を発した。

絶叫とともに、

「白目を剝いたぞ」

折れた腕を摑んでいた兵が、怒鳴った。

「嚙み切れ」輪の兵が怒鳴り返した。

五郎兵衛の腹の上で三つの頭がごつごつと音を立てている。腹の皮が破れたらしい。

四方から腕が伸び、五郎兵衛の腹に差し込まれた。


肝を取った兵に褒美が与えられ、五郎兵衛の死体が片付けられた。

次いで次郎左が引き摺り出された。五郎兵衛と同じように、竹の口枷《くちかせ》が嚙まされていた。

「皆に、泣きっ面を見せてやれ」

武将が、次郎左を引き立てている兵に言った。次郎左を両側から支えている兵が、髪を摑んで顔を上げさせ、兵らに見せた。兵らの罵声《ばせい》と嘲笑《ちようしよう》が飛んだ。

兵らを見ていた次郎左の顔が、佐兵衛と半助のところで止まった。己の見ているものが何か、と考えているようにも見えた。

次郎左の目がぎりぎりと音を立てて開いた。激しく身悶《みもだ》えしながら、佐兵衛らを見ている。何か叫んだ。佐兵衛と言ったらしい。助けてくれ、とも聞こえた。

「何だ」と武将が言った。「何か言わなんだか」

「助けを乞《こ》うたようにも聞こえましたが、無理と申すものでしょう」

「血迷うたのであろうが、何が言いたいのか、聞いてやれ」

「お情けだ」と兵が、次郎左に言った。「聞こえづらいでな。ゆっくりと言え」

顔を上げた次郎左は瞬間佐兵衛の顔を見ると、直《す》ぐに顔を伏せた。次郎左の口から涎《よだれ》が糸を引いて垂れた。口枷の竹を伝っても垂れている。

「早く言わぬか」

「……ない」と次郎左が切れ切れに言った。「何も、ない……」

「ないそうでございます」兵が武将に言った。

「ならば、遊びはもうよい。始めよ」

次郎左が押し倒されている。顔が佐兵衛らの方を向いた。佐兵衛と目が合うと、そのまま凝《じ》っと見ている。

「掛かれ」

二番手に回されていた兵らが、蟻《あり》のように次郎左にたかった。次郎左の姿が兵らに覆い隠されるのと同時に、絶叫が聞こえた。

「次郎左……」

膝《ひざ》を突きそうになった佐兵衛の脇《わき》を抱え、半助は藪《やぶ》へと下がった。

「どうした？」見回りの兵に訊かれた。

「もうびっくりして、腰が抜けそうになっちまったです。したら、腹がきゅぅとなって……」

穴を掘って用を足そうとしていたところだと答えた。

「初めて見たのか」

「左様でございますです」

兵は笑いながら、早く済ませろ、と言って行ってしまった。

半助らは藪陰にしゃがみ、暫《しば》く様子を窺《うかが》ってから藪に潜《もぐ》り込み、陣の明かりが見えなくなるまで走った。

伸びをし、息を整え、再び走った。どこに向かっているのか分からなかったが、とにかく陣から離れようと走った。途中佐兵衛が二度、半助が一度、急な斜面から底に転がり落ちたが、怪我《けが》がないのを幸いに走り続け、足が出なくなったところで寝筵《ねむしろ》を敷いた。

夜中に二度、佐兵衛の忍び泣く声を聞いたが、半助は背を向けたまま凝っと身体《からだ》を丸めていた。

獣《けもの》の多いところなのか、朝までに七度程、獣の足音を聞いた。


十月二日。

白々と夜が明け始めた。

佐兵衛と半助は身体を起こし、辺りを見回した。大きな岩が迫《せ》り出した崖下《がけした》にいた。お蔭《かげ》で夜露は大分しのげただろうが、崖が崩《くず》れたら下敷きになっていただろう。取り敢《あ》えず場所を移すことにした。

寝筵を丸めて背負い、崖に沿って歩いた。歩き始めて直ぐ、直径一尺（約三十センチメートル）程で高さが三寸（約九センチメートル）程の小山に気が付いた。

狸《たぬき》のため糞《ぐそ》である。狸は、催《もよお》したところで勝手に糞をするのではなく、その辺りを塒《ねぐら》にしている狸がここと決めて一か所に糞をするという習性があった。昨夜、半助が聞いた獣の脚音《あしおと》は、この糞場に来た狸らの脚音だったのだ。

「おらんとうは、迷惑なところで寝ていたことになりやす」

佐兵衛がくぐもった笑い声を漏らした。

「そんなに可笑《おか》しいことを、おら言ったんだか」

「俺《おれ》は昨日走りながら思うたのだ。もう二度と笑うことはないだろう、とな」

それが、どうだ、と佐兵衛が言った。起きたら直ぐ笑っているではないか。

「次郎左らのことは忘れん。だが、今はあの者らを引き摺っていては、俺たちが帰れなくなる。暫《しば》し忘れ、帰ることだけを考えよう」

「へい」

「ため糞か。知らなかったぞ」

「おらは百姓の出で、山にも入るから知っているけんど、里暮らしの旦那《だんな》様が知らねえのは無理のねえこって」

「では、山の中を逃げるのだから、半助が俺を導くのだぞ」

「おら命に代えても必ず、旦那様をお味方のところまでお連れいたしますだ」

「その意気だ」

半助らは、そこから四半刻《しはんとき》歩いたところで朝餉《あさげ》を摂《と》ることにした。腹はあまり空《す》いていなかったが、また一日歩くのである。摂れる時に摂っておかないと、食いっぱぐれることになるかもしれない。

木《こ》っ端《ぱ》を集めているふたりを藪の陰から見ている者らがいた。

熊と鹿

糒《ほしいい》と稗《ひえ》に干した青菜を落とした味噌《みそ》雑炊《ぞうすい》が出来上がった。椀《わん》に盛り付けようとしていると、藪《やぶ》が騒ぎ、腹巻を付けた武将ふたりと胴丸《どうまる》を付けた足軽ふたりが、刀と槍《やり》を手にして飛び出してきた。

佐兵衛《さへえ》と半助《はんすけ》は槍と鍬《くわ》を手にして飛び退《の》き、構えた。

「刃向かうつもりか。小癪《こしやく》な」赤糸縅《おどし》の腹巻を付けた武将が言った。

「汝《うぬ》どもは落武者狩りの者と見た。叩《たた》っ斬《き》ってくれる」紺糸縅が言った。

「違うだよ」

半助の言葉は、槍を突き立ててきた足軽らに遮《さえぎ》られて途切れた。

半助と佐兵衛に足軽ひとりと武将がひとり、計ふたりずつが掛かってきた。

「突き殺せ《せ》」

赤糸縅に急き立てられた足軽が、無理な突きを入れてきた。半助はかわすと鍬の刃を槍の柄《え》に掛け、擦《す》るようにして間合に飛び込んだ。足軽は槍を手許《てもと》に引こうとしたが、柄を擦り、手許にくる鍬の方が早い。わっと声を上げ、槍を手放した。槍が落ちたと見た半助が鍬を足軽に投げ付けた。半助の持っていた鍬は刃が板状になっている平鍬ではなく、肉刺《にくさし》のようになっている備中鍬《びっちゅう》だった。尖《とが》った刃が腕に当たり、肉を抉《えぐ》った。

「おのれ」

赤糸縅が身構えた。半助は槍を拾い上げながら、佐兵衛の様子を見た。槍と太刀に挟まれ、腕と腿《もも》から血を流していた。

「こんにゃろ、こんにゃろ」

槍を振り回して、佐兵衛の背後に回ろうとしていた足軽を追い払った。

「こんな奴どもに梃子《てこ》摺《ず》るとは何だ。何があっても帰るのだぞ。殺せ」

おうっと答え、紺糸縅が足指を躙《にじ》った。

「待ってくりょ」半助が叫んだ。「何だった？　何だった？　思い出せぇ」

叫び終わった時に、合い言葉を思い出した。

「熊《くま》だ、熊だ。おまんとうは、『熊か』」

「何……」

赤糸縅と紺糸縅が顔を見合わせてから、鹿《しか》だ、と答えた。

「旦那《だんな》様、お味方でございますだ」半助が佐兵衛に言った。

「其《そ》の方らは、いや」と言って、紺糸縅が佐兵衛に訊《き》いた。「貴殿は、武田方《たけだ》でござるか」

「西島《にしじま》 久右衛門《きゅうえもん》が家臣・雨宮《あまみや》佐兵衛にございます」

「何と」赤糸縅が言った。「儂《わし》は岩崎《いわさき》家の家臣・後藤忠左衛門《ごとうちゅうざえもん》」

「同じく大垣源右衛門《おおがきげんえもん》」

「雨宮殿と言われたな？」と後藤忠左が言い、すると、と言って半助に訊いた。「其の方は、半助か」

「左様でございますが」

「主《あるじ》・光右衛門《みつえもん》の御舎弟・重三郎《じゅうざぶろう》様を戸石《といし》城の崖下《がけした》から連れ出してくれたのは、其の方か」

石で頭を割られ、指が折れていた重三郎を背負い、崖下から運び出していた。

「かたじけない。この通り、礼を申す」後藤忠左と大垣源右衛門が揃《そろ》って頭を下げた。

「早《はよ》う」と大垣が半助に言った。「雨宮殿の手当を頼む」

腕の傷は浅かったが、腿は深かった。半助は、背負っていた股引《ももひき》から薬湯を染み込ませていた布片をきつく巻き付けて縛った。

「済まぬことをいたした」

「致し方のない仕儀です。お気になさらずに」

佐兵衛が大垣に答えている間に、半助は鍬で手傷を負わせた足軽の腕にも布片を巻き、何か食べたか、後藤らに訊いた。昨日から何も口にしていなかった。

「では、雑炊を皆でいただきましょう」

雑炊は煮《に》詰《つ》まっていた。水を注《さ》し、煮立ったところで糯と稗に、量を増やすために芋茎縄《いもがらなわ》を刻んで入れた。ふたつの椀で交替に鍋《なべ》一杯の雑炊を平らげた。

「馳《ち》走《そう》になった。実に美味《うま》かったぞ」

後藤と大垣が口を揃えた。

「それはようございました」

半助が草を束ねて、鍋と椀の汚れを拭《ふ》き取った。

片付け終えたと見た後藤が、出立《しゆつたつ》を告げた。

「こっちに集落があったはずだ。行くぞ」

前に、戸石城を落とした後の落武者狩りに役立つから、と調べたことがあったのだ、と大垣が言った。まさか、儂らが落武者になろうとはな。

「追っ手に見付かりませんか」

佐兵衛が杖《つえ》を突きながら訊いた。杖は、足軽のひとりが鍬の刃を落として作ったものだった。

「多分蛻《もぬけ》の殻《から》のはずだ。村の者どもは戦が終わるまでは山に逃げ込んでいよう」

「儂らも、甲冑姿は目立ち過ぎるでな。着替えを手に入れたいのだ。序《つい》でに食い物もな」大垣が言った。


集落を見下ろす崖の上に出た。

家は、平らに均《なら》された土地を囲むようにして十二戸あった。家のどこからも煙は立っておらず、見る限り、人の出入りはない。まだ山に籠《こ》もっているのだろうか。

「よし行くぞ」後藤が言い、大垣が続いた。

戦に巻き込まれないように逃げる時は、大切なものは持ち出すか、埋《う》めて隠すのだが、何もないとなると盗みに入った者が怒って火を点《つ》ける恐れがある。それを防ぐために、食い物などを少しだけ残してゆく。それを頂戴《ちょうだい》しようというのである。

佐兵衛は走れないので、半助とともに集落の入り口で見張りに立つことになったが、入り口近くに平らな岩があったので腰掛けて待つことにし、半助だけが見張りに立った。

後藤らは集落に入ると、一番立派な造りの家に入って行った。直《す》ぐに女の悲鳴が家の中から聞こえてきた。

「誰《だれ》かいるだ」

思わず半助が呟《つぶや》いた。佐兵衛には聞こえなかったらしい。岩に座って空を見上げたままでいる。

女だけ残っているはずがない。ということは……。半助が物陰に身を移していると、ぐるりと並んだ百姓家の戸がゆっくりと開き、百姓どもが滲《にじ》むように外に出て来た。他に誰かいないか、と集落の入り口を見ている。半助は身を屈《かが》めた。

誰もいない、と得心したのか、後藤らの入った家の前に並んだ。老爺《ろうや》や女も含めると、二十人はいた。それぞれが右手に鉈《なた》を持ち、左手に戦場荒しで手に入れたのだろう。抜き身や槍に鋤《すき》などを下げていた。一斉に鉈を投げ付けられたら、かわすことなど出来ない。

半助は音を立てないように後退《あとじさ》って佐兵衛の許《もと》に行き、見たままを伝えた。

「逃げた方がええです」

「後藤殿たちを見捨てろ、と言うのか」

「仕方ねえでごいす。おらんとうは生きて帰らにゃならねえです」

突然、集落の中で大きな物音が起こった。

鉈が投げ付けられたのだろう。板壁に刺さる重い音と、罵声《ばせい》と、殺せ、殺せ、と囃《はや》す声が重なり、百姓らの上げる奇声が聞こえてきた。

半助は佐兵衛の腋《わき》の下に潜《もぐ》り、担ぐようにして藪に押し込んだ。

百姓がふたり、集落の入り口から飛び出して来、四囲を見回してから、駆《か》け戻って行った。

「早く埋めてしまうだ」

「そうだ、そうだ」

という声が微《かす》かに耳に届いた。

地べたに手を突いている佐兵衛を急き立てて、藪の奥へと逃げた。

根が張り、草が生え、枝が伸び、蔓《つる》が絡んでいる藪の中を、佐兵衛を支え、汗みずくになって歩いた。

歩き始めて一刻（二時間）余は経《た》っただろうか。佐兵衛が膝《ひざ》から崩れるようにして落ちた。腕を回して支えていた半助も踏ん張れずに倒れた。ふたり並んで、葉群れの彼方《かなた》に広がる空を仰《あお》いで、荒く息を継いだ。

「半助……」

佐兵衛が声を絞り出すようにして言った。

「俺《おれ》は、もう歩けん……」

「おらがおりやす」

「ここに、置いてゆけ……」

「そんなこと、おらには聞こえねえです。おらは、旦那様の側《そば》から離れねえです」

「半助ひとりなら、長窪《ながくぼ》城まで走れる。助けを連れて来てくれればよいではないか」

「駄目《だめ》だ。旦那様ひとりには出来ねえ。水はどうするだか、食い物はどうするだか」

「数日のことなら、食わずとも大事ない」

「旦那様の傷の手当はどうするだか」

「それくらいなら、出来る」

「おらが一緒なら、何の心配もねえこんだ。おらは離れねえ」

「強情な奴だ」

「左様でございますだ」

「俺は、まだ歩けぬぞ」

「待ちますだ」

「待っても、恐らく歩けぬぞ」

「いいだ。それでも待ちますだ」

「勝手にしろ」

「勝手にするだ」

「……分かった。もう言わぬ」行こう、と佐兵衛が言った。

「へいっ」

半助は素早く起き上がると、佐兵衛の手を取り、引き起こした。

そこから二刻（四時間）程歩いて、窪《くぼ》みに穴を掘り、油紙を被《かぶ》って寝た。


十月三日。

夜明けとともに起き出し、佐兵衛の手当を済ませ、雑炊を流し込み、出立した。

佐兵衛の足の傷口は腫《は》れて熱を持ち、しこっていた。早く長窪城に行き、僧医《そうい》に診《み》せた方がいいだろう。

傷を負った足に負担を掛けないように背負いたかったが、背負うと半助の腕が傷口に当たってしまう。歩くしかなかった。

半助は肩を貸し、平らな土を選んで歩いた。

突然、佐兵衛の足の出が鈍った。どうしたのか、と半助が訊いた。

「足が痛むんでねえですか」

「水の音が聞こえなんだか」

へっ、と答え、耳を澄ますと、確かに瀬音《せおと》のようなものが聞こえた。だが、笹《ささ》の鳴る音とも思える。進んでみることにした。

葉を落とした橅《ぶな》や岳樺《だけかんば》の間から、幾つもの岩が見えた。岩の辺りが明るい。水のにおいもした。

「川でございます」

「流れとともに下れば、千曲川《ちくまがわ》か」

「そのはずでございます」

「おうっ」

佐兵衛の声が弾《はず》んだ。

転ばないように佐兵衛の足許《あしもと》に気を配り、藪から出、川辺に下りた。

佐兵衛を川の縁《へり》に座らせ、水を飲ませている間に、己も流れに口を付けて飲み、竹《たけ》筒《づつ》に水を満たした。

川上からの風にふと顔を向けると、ふたりの男がにやにやと笑いながら半助らを見ていた。筒袖《つつそで》に股引《ももひき》を身に付けている。野伏《のぶ》せりと思われた。佐兵衛に知らせた。佐兵衛が槍を手に取り、身構えた。半助も、杖にしていた鍬の柄を手に取った。

「美味かったか」と頰当《ほおあて》を付けた男が言った。

「どこから来た？」左手だけに籠手《こて》を付けた男が言った。

ふたりきりらしい。大きな焚《た》き火の跡があり、寝筵《ねむしろ》が七枚、岩に干されていた。

他の者は出掛け、ふたりが留守として居残っていたのだろう。

「ただの手負いと爺《じじ》いかと思ったが、その槍の扱い方を見ると、てめえ武田の落武者だな」

頰当が二、三歩前に出て、佐兵衛に言った。

「違うだよ」半助が言った。「槍は拾ったもんだ」

「なら、惜しかねえはずだな。寄越《よこ》せや」

「嫌《いや》だ。おらんとうが拾ったものだ」

「欲を搔《か》くと死ぬことになるぞ。背中にひっ背負《ちょ》っている股引には何が入っている？見せてみろ」

二橋七五郎《にはししちごろう》から預かった形見の脇差《わきざし》が入っていた。

「嫌だ」

「死にてえらしいな」片籠手《かたこて》が言った。

「殺《や》っちまいやしょうか」頬当が振り返って片籠手に訊いた。

頬当の目が己から離れた瞬間、半助は足許の小石を拾うと頬当に向かって駆け出した。

「やる気かよ」

「気を付けろ。奴は……」

石を拾ったぞ、と片籠手が言い掛けたところで、頬当の額で石が跳《は》ねた。頬当が頭を抱えている。逃げろ。片籠手が叫んだ時には、振り下ろされた鍬の柄が、頬当の頭《ず》蓋《がい》を叩き割っていた。

「やりやがったな」

片籠手が刀を抜いた。

「さあ、来るがいいだ」半助が言った。

「いいだ、いいだ、で人が斬《き》れるか」

片籠手が背を屈《かが》め、飛び付くようにして刀を振った。

半助は鍬の柄を振り回しながら後退った。石に踵《かかと》を取られ、よろけた。

「こんな腰抜けにやられちまうとは、情けねえ奴よ」

片籠手が、二度三度と刀を繰り出した。どうした？　掛かって来ねえのか。四度目に突き出した刀の腹を、半助の鍬の柄が横に払った。おっと呟《つぶや》き、弾《はじ》かれた刀を戻そうとして、片籠手の顔から血の気が引いた。柄が目の前に来ていた。

片籠手は仰《の》け反《ぞ》るようにして柄をかわすと、半助を蹴《け》り倒し、刀を振り上げた。

「それまでよ。死ね」

思わず目を瞑《つぶ》った半助が、恐る恐る目を開くと、片籠手が倒れるところだった。胸に槍を受けていた。佐兵衛が投じたものだった。

足許に崩れ落ちた片籠手を見て、半助が佐兵衛の許に逃げ帰った。

「恐かっただ。やられたと思っただ」

「何の。よくやった。見事だったぞ」

にっこり笑った半助が、喜んでいる場合じゃねえだ、逃げるだ、と言い、その前に、と言い足した。

「ちっと食い物をもらってくるだ」

半助は片籠手の胸から槍を抜き取り、川の水で血を拭《ぬぐ》って佐兵衛に渡し、焚き火の傍《かたわ》らに走った。籠《かご》から糒と味噌と小袖《こそで》と股引などを取り出して股引に落とし入れ、背に担いで戻ってきた。

「これで、暫《しばら》くしのげますだ」

佐兵衛を立ち上がらせ、藪に入ろうとしていると、騎馬武者と兵らが脇《わき》の藪から出て来た。

「汝らは何をしている？」

武者が佐兵衛の持っている槍を見て、其《そ》の方ども、百姓ではないな、と言った。兵らが、左右に広がった。

「さては、熊か」と武者が言った。

半助の顔が弾けた。鹿ですだ。おらんとうは、鹿でございますだ。

武者の頬が歪《ゆが》んだ。笑ったらしい。

「武田の落武者だ。斬って捨てろ」

左右に広がっていた兵らが、槍を突き立ててきた。

合い言葉が知られていたのだ。

「うわぁ」

半助が叫びながら鍬の柄を振り回した。

巣穴

藪《やぶ》が鳴り、野伏《のぶ》せりが河原に飛び出してきた。倒れている頰当《ほおあて》と片籠手を見て、血走った目で半助《はんすけ》らと武者らを睨《にら》んでいる。

「其奴《そやつ》どもも殺《や》れ」武者が叫んだ。

野伏せりは五人いた。兵らが身構えた。

「お仲間を殺ったのは、あいつらです」

半助が野伏せりのひとりに言った。おらんとうは茸《きのこ》を採りにきた百姓ですだよ。

「行け」

野伏せりは叫ぶと、兵らに飛び掛かって行った。

「逃げるだ、逃げるだ」

佐兵衛《さへえ》を抱《かか》えるようにして、目の前の藪に入った。振り向くと転ぶ。足許《あしもと》と目の高さの前を見て、半助は我武者羅《がむしゃら》に足を前に出した。

「運がよかったな」と佐兵衛が切れ切れに言った。

「おらんとうは助かるようになっているのかもしれねえだ」

「そう信じよう」

「信じるだ、信じるだ」

一刻（二時間）程歩くと、すり鉢状になっている窪地《くぼち》の底に出た。斜面を上がるのは辛《つら》いから回り込もうかとも思ったが、三方が高くなっているので火を焚《た》くには都合がよかった。

日はまだ、中天《ちゅうてん》を過ぎたばかりだった。せめて日が西に傾くまでは歩きたかったが、深傷《ふかで》を負っている佐兵衛に無理はさせられない。早いが、今日はこれまでにするか。

半助は落ち葉を集めた上に寝筵《ねむしろ》を敷き、佐兵衛を横に寝かせて休ませている間に、石を置いて竈《かまど》を作り、火を焚き、桑《くわ》の古木で見付けた平茸《ひらたけ》を入れた雑炊《ぞうすい》を拵《こしら》えた。糒《ほしいい》がたっぷりと入った平茸入り味噌《みそ》雑炊が出来た。

食べ終え、傷の手当も終えた。

どこに寝るかと見回していると、斜面の途中から生えている楢《なら》の古木の下に穴があった。覗《のぞ》くと深い。槍《やり》を差し込んで見たが、奥まで届かない。入り口の土を掻《か》き出してみた。やはり深い。枝を燃やし、中に放《ほう》り込んだ。ぽっかりと空いていた。恐らく熊《くま》が冬の間塒《ねぐら》にしていた穴なのだろう。

佐兵衛に見張りを頼み、半助は穴に潜《もぐ》り込んだ。奥行きは三間（約五・五メートル）、床から天井まで三尺（約九十一センチメートル）はあった。

半助は楢の落ち葉を掻き集めて穴の中に押し込み、均《なら》して敷き詰め、寝筵を置き、佐兵衛を入れた。

「なかなかに気持ちいいぞ」

半助も荷を入れ、入ろうとして、ぽっかりと空いた穴の入り口に不安を覚えた。穴が空いていると直《す》ぐに分かってしまう。油紙を取り出し、穴の上の庇《ひさし》のように張り出したところに広げた。そこに落ち葉をたくさんのせてから穴に入り、入り口に土を盛って狭くすると、油紙をゆっくりと穴に引き入れた。油紙にのせていた落ち葉がさらさらと落ちて、掘り起こした土の上に落ち、穴も塞《ふさ》いだ。これで見た目には穴が空いているとは分からないだろう。

「半助は知恵者だな」

佐兵衛が瞼《まぶた》を重たげに開けながら言った。

「安心して寝てくりょ。眠ればずいぶんとよくなるべえ」

「そうだとよいがな」

佐兵衛が天井からぶら下がっている白いものを見ながら言った。楢の根であった。

半助は佐兵衛に小袖《こそで》と油紙を掛け、穴の入り口近くに頭を置き、槍を握《にぎ》り締めて目を閉じた。

落ち葉がかさかさと鳴る音で、半助は目を開けた。音は軽かった。熊でも人でもない。小さな獣《けもの》が落ち葉を踏む脚音《あしおと》だった。楢の実を探しているのだろう。

木の実か、と半助は思った。

木の実は好物だった。灰汁《あく》の強い楢の実は灰汁抜きが手間だったが、灰汁のない椎《しい》の実などは生でも食べられたし、鍋《なべ》で空炒《からい》りすれば美味《うま》いものだった。椎の実を探すか、と楢の落ち葉の隙間《すきま》から外を見ていると、佐兵衛が小さく唸《うな》っている。

「旦那様《だんなさま》」

肩を揺すってみたが、唸るだけだった。額に汗が浮いている。掌《てのひら》を当てると熱い。熱が出たのだ。褌《ふんどし》を取り出し、竹筒《たけづつ》の水で濡《ぬ》らし、額にのせた。褌は直ぐに熱くなった。穴から這《は》い出し、竈で火を焚き、熱冷ましの薬湯を作った。熱冷ましに効く接骨木《にわとこ》の葉と猪独活《ししうど》の根は竹筒に入れ、持っていた。

薬湯が出来るまで二度穴に潜《もぐ》り、褌を濡らして額に載せた。

薬湯を飲ませ終え、水の残りを調べた。竹筒に四本分近くあったのだが、雑炊と褌を濡らすなどに使い、三本を切ってしまっていた。

日のあるうちに汲《く》みに行った方がいいだろう。川は、野伏《のぶ》せりどものいた、あの川しか分からない。どうしたらいいのか、迷う心を振り捨てた。あそこに行くしかねえ。

半助は佐兵衛に水を汲みに行くことを伝え、穴の入り口に土を盛り、落ち葉で隠し、走った。振り向き、木々の形を岩の形を覚え、枝を折り、折った枝の下には進む方向に枝を置き、それを半町（約五十五メートル）毎《ごと》に繰り返し、川に辿《たど》り着いた。

日は大きく傾き、暮れ掛けている。急がねば目印が見えなくなり、戻れなくなるかもしれない。野伏せりはどうなったのか、村上方《むらかみ》の追っ手はもういないのか、何も分からなかったが、己の運を頼むしかなかった。半助は恐る恐る藪から顔を出し、川縁《かわべり》に誰《だれ》もいないことを確かめてから、河原を横切り、竹筒に水を満たした。よしっ、上手《うま》くいっただ。半助は這うようにして藪に入り、引き返した。

ここからは、落ちる夕日との勝負だった。目を見開き、折れた枝を探し、足許の枝を見て、走り行く方向を探り、ひたすら走った。後ろを見る余裕などなかった。

その走る姿を茸取り帰りの百姓が見ていた。百姓は、半助を武田の落武者と見抜き、塒の穴を見届けると、集落へ知らせに走った。

佐兵衛の額を冷やし、熱冷ましの薬湯を温めて飲ませた頃《ころ》には、竈の火がなければ何も見えなくなっていた。況《ま》してや穴の中に入ると、真の闇《やみ》である。半助は手探りで己《おのれ》の塒を作り、横になった。

どれ程眠ったのだろうか。

穴を塞いでいる楢の葉が明かりを受けて、赤茶色に揺れていた。揺れているということは、日の光ではなかった。日の光ならば影は揺れても、光の源は動かない。源が動いているということは、火であった。竈の火はしつこいくらい丁寧に消してある。万一にも火が熾《おこ》れば、居所を教えてしまうことになるからだ。

誰かいる。それ以外には考えられなかった。

どうして、ここが知られたのか。川から尾《つ》けられたとしか、考えられなかった。しくじったのか、おらが。

「どうした？」佐兵衛の声がした。

半助は膝《ひざ》で後退《あとじさ》り、外に誰かいる、と教えた。

「敵なのか味方なのか、どっちだ？」

「何も言ってこねえってことは、敵じゃねえかと……」

「槍の先で、落ち葉を少し動かしてみろ。敵ならば、何かしてくるはずだ」

「やってみますだ」

半助が槍の穂先《ほさき》で落ち葉をつんと突いた。かさっと音がして、一枚がはらりと落ちた。途端、拳《こぶし》ほどの大きさの石が落ち葉と盛り土を散らして投げ込まれた。

「喚《わめ》け」佐兵衛が言った。

「うわあ」半助が叫んだ。

「槍を構えろ。来るぞ。来たら、刺せ」

松明《たいまつ》を翳《かざ》しているのだろう。光の源が近付いて来た。落ち葉を踏む足音も、かさかさと鳴った。少なくとも六、七人はいる音だった。

竹槍が入り口に差し込まれ、落ち葉と盛り土を払い除けている。次いで、松明が投げ込まれた。

「放り出すだか」

「いや。煙いが少し待て」

立ち上った煙が穴の天井に層《うず》を作っている。佐兵衛は鼻と口に額を冷やしていた褌を当てている。半助は床に顔を埋める程低く伏せた。

「殺っただか」外で声がした。

「叫び声がしたかんな」

「誰か見てみい」

誰も名乗り出ないらしい。五作《ごさく》、と長《おさ》なのだろうか、嗄《しわが》れた声の男が呼んだ。

「おみぃが見付けた獲物だあ。おみぃが見ろ」

見ろ、見ろ、と五作を促《うなが》す呼び声が重なった。

「もう一本、松明さ放り込んで、ちっと見て、さっと逃げろ」

「やるだ」

「やれぇ、やれぇ」

松明と足音が寄って来た。

「刺すだよ」半助が囁《ささや》いた。

「刺せ」佐兵衛が言った。

松明が穴に放り込まれ、影が穴の入り口を塞いだ。半助の槍が素早く伸び、影の中央を刺した。影が咽喉《のど》を詰まらせたような声を上げ、地に落ちた。外の者らが悲鳴を上げている。

駆け寄って来た者らに足を摑《つか》まれたのだろう。死骸《しがい》がずり下げられて行った。

「もう許さねえだ」

足音が天井の上で起こり、鍬《くわ》が土を切り、掘り起こす音がした。天井を崩《くず》すつもりらしい。

「槍を貸せ」

佐兵衛は天井を見ながら耳を澄ますと、ここだ、と呟いて槍の穂先をそろりと天井に刺した。

「土の厚さは二尺（約六十一センチメートル）と見たが、どうだ？」

「そんなもんだと思いますだ」

鍬の音が続いている。

「やってみるか」

佐兵衛は片足だけで踏ん張ると、渾身《こんしん》の力を込めて、槍を突き上げた。ぎゃあ、という声がして、百姓が穴の上から転がり落ちた。

「足だ。足を刺されただ」叫んでいる。

「止《や》めじゃ、止めじゃ」叫び声に遅れて鍬の音が止んだ。

松明だ、と別の誰かが怒鳴った。燻《いぶ》り出しちゃれ。

火ぃ、ぼんぼん焚けぇ。

足音が入り乱れ、穴の外が異様に明るくなっている。

「穴の途中に壁を作るのだ。さすれば、煙はふせげる」

「やってみるだ」

半助は床を掘り返すと、せっせと盛り土をし、壁を作り始めた。

「手伝うか」

「ひとりの方が動きやすいで、任せてくりょ」

半助が器用に壁を立てた。隅《すみ》の一部が空いている。そこは、と佐兵衛が問うと、少しは喜ばせてやるずらよ、と言った。

掛け声とともに、火の点《つ》いた木が次から次へと放り込まれてきた。

半助は隅に口を寄せると、煙にむせたかのように苦しげな咳《せき》をした。百姓らの喝采《かっさい》が聞こえたところで、半助が穴を塞いだ。

それから暫《しば》くの間、出て来ねえと騒いでいたが、恐らく舌嚙《か》み切って死んだに違えねえ、と話がまとまったらしい。誰が見にゆくか、で揉《も》めている。しかし、五作が槍で刺されたので、名乗り出る者がいない。明るくなったら、ほじくるべえ、と長なのだろうか、その者の言葉に従い、穴の近くで夜明かしとなったようだ。

「どうしたらいいだか」

「直ぐに襲われることはなさそうだ。少し眠ろう。まだふらふらする」

ああっ、と言って半助が、佐兵衛の具合を訊いた。前よりよくなってるみてえでやすが。

「薬湯と冷やしたのが効いてくれたようだが、足の傷が痛む」

真っ暗闇なので傷口に巻いた布を換えることは出来ない。

「朝までのご辛抱ですだ。朝になったら、おらが何とかしますだ」

「心強いぞ」そこに、と佐兵衛が言った。「二橋《にはし》殿の脇差《わきざし》があったな」

「ござえますです」

「使わせてもらおう。出してくれ」

手探りで取り出した半助が、お手を、と言った。佐兵衛は、いや、と答えた。

「俺には杖《つえ》代わりの槍がある。半助はそれで戦え」

「承知しましただ」

「何としても甲斐《かい》に帰ろうな」

「お花《はな》様の許《もと》へ、旦那様を連れ帰る。おらの役目ですだ」

「分かったゆえ、半助も少し眠れ」

「へい……」

佐兵衛に揺すられて、半助が目を覚ました。

咄嗟《とっさ》に身構えると、雷《かみなり》のような音がした、と佐兵衛が言った。

「根を伝って滴《しずく》が落ちてきたゆえ、雨も降っているに相違ないぞ」

「見てみますだ」

半助が脇差の切っ先で壁の端を突いた。どさっと音がして壁の一部が崩れた。と同時に稲光が奔《はし》り、穴近くの木を裂《さ》いて落ちた。一瞬佐兵衛と半助の尻《しり》が浮いた。

「魂消《たまげ》たですだ」

「俺も初めてだ。こんな近くに落ちたのは」

雨が飛沫《しぶき》とともに穴に吹き込んでいる。

「これでは、百姓どもも見張ってはおれぬだろうな」

「どこかに逃げているはずでございやす」

「戻って来る前に、出るか」

そうしたかったが、雨の勢いは衰えていない。まだ棒のように降っていた。

深傷を負っている佐兵衛の足では、ぬかるんだ土を歩くのは無理だった。背負うしかない。背負い、頭から油紙を被《かぶ》せたとしても、襲われれば濡《ぬ》れ鼠《ねずみ》になってしまうだろう。今の佐兵衛が濡れ鼠になったら死んでしまうかもしれない。やはり、雨が止むのを待つしかなかった。

「止むまでは、ここにいて身体《からだ》を休めた方がいいずら」

半助の言葉が、雨音に掻き消された。

命の値段

十月四日。

雨は雷雲が去った後も降り続き、朝になってようやく止《や》んだ。

佐兵衛《さへえ》の熱は朝方になってまた上がったが、ここでもう一日過ごすことは死を意味した。仲間を突き殺された百姓が見逃すはずはない。しつこく、くどく、執念《しゅうねん》深いのが、田畑を戦で荒らされた百姓であった。

半助《はんすけ》は食いたくないと言う佐兵衛に、一口でも、と糒《ほしいい》を口に含ませた。ゆっくりと嚙《か》み、味噌《みそ》を舐《な》め、水で流し込むのだ。佐兵衛は、生きるためだ、と二口食べたが、そこで口を閉じてしまった。

食べ終え、穴の外に出た。百姓らの気配はどこにもなかったが、引き上げることなどあり得ない。どこかで襲ってくるはずである。

佐兵衛の背に糒や味噌などを入れた股引《ももひき》を括《くく》り付け、鍋《なべ》で覆《おお》い、負ぶった。半助が後ろ手に持った槍《やり》の柄《え》に座らせたのである。傷口が痛まぬよう、佐兵衛の腿《もも》には小袖《こそで》を巻き付け、褌《ふんどし》で縛った。

「これなら大丈夫だ」

佐兵衛の言葉を信じ、半助は急ぎ足を取った。

少しでも早くこの地を離れたかったのだ。

落ち葉を踏み締めた。坂になると滑りそうになったが堪《こら》え、踏み出した。穴が遠退《とおの》いてゆく。

このまま行けば、恐らく千曲川《ちくまがわ》に出られる。そこからなら、道は分かる。もう少しの我慢ずら。

佐兵衛を揺すり上げ、歯を食い縛り、前を見た。人影が並んでいた。

「……」

足を止め、見た。六人いた。それぞれが鍬《くわ》や鎌《かま》や鉈《なた》を持っている。

「待っていたぞ」と長《おさ》らしい男が言った。「よくも五作《ごさく》を殺したな。仇討《かたきう》ちだ。覚悟するだ」

半助は佐兵衛を下ろして槍を持たせ、自身は萎《な》えた腕で脇差《わきざし》を抜いた。

「殺《や》っちまうだぁ」

百姓らが二手に分かれて向かってきた。大丈夫かと佐兵衛を見た。両の手で槍を摑《つか》み、構えている。半助も身構えた。

鍬を持った男が佐兵衛に突っ掛かった。

佐兵衛が手負いとも思えぬ素早さで横に走って鍬をかわし、男の腹を突いた。百姓どもが、あっと息を呑《の》み、怯《ひる》んでいる隙《すき》に、半助は鉈を手にした男に詰め寄った。後ろで濡《ぬ》れ落ち葉に足を取られた男が踏ん張る音がした。振り向き、脇差を突き出した時には、鎌の先が半助の腕と胸を掠《かす》めていた。やった、と歯を見せている男の額に脇差を叩《たた》き付け、逃げるところを背から刺し貫いた。深く刺し過ぎたらしい。脇差が抜けない。

男の背を踏み付け、引き抜こうとしているところに、鉈を持った男が飛び掛かって来た。半助は足に組み付き、男を転がし、鉈を持つ手に嚙み付いた。口の中に血の味が広がり、男が鉈を手放した。半助は鉈を取ると、男の頭に振り下ろした。血が噴き上がり、男の息が絶えた。

直《す》ぐさま半助は駆け戻り、脇差を引き抜き、四囲を見た。佐兵衛の槍が、鋤を持った男の脇腹《わきばら》を刺していた。残りは長らしい男と、腰を抜かして震えている者のふたりになっていた。長は男を蹴《け》ると、戦え、と言った。死ぬか、生きるかだぁぞ。

「助けてくりょ」と男が両手を合わせた。

「駄目《だめ》だ。助ければ、誰《だれ》ぞを呼んで来る」佐兵衛が言った。

「呼んでこねえ。そんなこたぁしねえ」

腑抜《ふぬ》けが、長は吐き捨てるように言うと、鎌を手にして佐兵衛に向かってゆき、槍を受け、倒れた。

震えていた男が悲鳴を上げて、逃げ始めた。

「逃がすな」佐兵衛が言った。

半助は少し走り、勢いを付けて鉈を投げた。鉈は回転して、男の腰に当たった。転倒し、木の幹《みき》に縋《すが》り付くようにして、男が起き上がった。

「そっちが悪いだ」

半助は脇差を男の腹に埋《うず》めた。

男の股引で脇差の血を拭《ぬぐ》うと、半助は急いで佐兵衛の許《もと》に駆けた。

佐兵衛が新たに受けた傷は手の甲と額で、どちらも浅傷《あさで》だった。半助の胸と腕の傷も深傷《ふかで》ではなかった。

「こんなの縛っておけば、直ぐ治るずら」

気になったのは佐兵衛の腿の傷だった。百姓相手に飛び跳《は》ね、踏ん張っていた。巻いていた布を取った。腫《は》れ上がり、しこったままであった。熱も持っていた。手当をし、布を巻き直してから腕の傷の布も換え、新たな傷の手当に移った。

百姓らの股引と褌を取り上げ、ふたりの傷口に巻いてから百姓らの持ち物を調べた。木の下に籠《かご》が隠してあり、中に鍋と味噌と塩と、蕎麦《そば》の実と稗《ひえ》と干した青菜と魚、それと火打ち石と鉄片に艾《もぐさ》と、落武者から奪ったのだろう、小袖と股引と褌と糒が入っていた。これだけあれば、長窪《ながくぼ》城まで保《も》つだろう。奪った股引に詰め込み、首に掛け、背にはまた佐兵衛を背負った。

まだ百姓が潜《ひそ》んでいるかもしれない。脇差を腰に差し、滑らないように慎重に歩みを重ねた。

どこもかしこも昨夜の雷雨で濡れている。岩を見付けては腰を下ろして休み、再び立ち上がった。

歩く。一滴ずつ水を溜《た》めるように、一歩を踏み出す。

槍の柄を摑んでいる手が、ぐっと下がった。佐兵衛が眠ったのだ。耳許《みみもと》で微《かす》かな呼気が聞こえた。

そうだ。眠るのがいいだ。

夢も見るがいいだ。筍庵《じゅんあん》様がいて、御新造《ごしんぞう》様がいて、お花《はな》様がいて、そんな夢を見れば、何としても帰らねばなんねえって、力が湧《わ》くってもんだ。

おらは帰ったら、ゆっくり寝させてもらい、豪華な夢を見るだ。豪華って何だって訊《き》くのけ？　豪華ってのは、豪華だろうが。二の膳《ぜん》が付いて、三の膳も付いて、それが豪華ってもんだ。

目の前がこんもりと盛り上がっていた。

性悪な藪《やぶ》じゃ。

半助は、右足に次いで左足を出し、一歩一歩高さを得て、高みに立った。

水が流れていた。川だった。広い。千曲川だった。

出たぞ。出たぞ。千曲に出たぞ。

河原に下り、佐兵衛を揺すって起こした。千曲でございやすだ。

「おうっ」首の後ろから佐兵衛の弾《はず》んだ声がした。

「下ろしますだで、横になるといいだ」

「……済まぬな」

這《は》うようにして手を突き、佐兵衛を河原に下ろした。直ぐに寝筵《ねむしろ》を敷き、寝かせた。

笑みを浮かべた佐兵衛の唇が割れていた。血が滲《にじ》んでいる。

「粥《かゆ》を作りますだで、少しでも食べてくれろ」

「……帰るためだからな」

「糒はあるし、干した魚も味噌もあるし、うめえの作るだ」

「……出来るまで、横になっていてもよいか」

「勿論《もちろん》でございますだよ」

石を置いて竈《かまど》を作り、火打ち石と艾で火種を作り、焚《た》き付けた。鍋に川の水を汲《く》み入れ、竈に掛けた。湯が沸いたところで糒と干した魚を刻んだものを落とし、塩で味を付けた。

仕度が出来たと佐兵衛に声を掛けているところへ、半助らが出て来た藪から胴丸を付けた兵がふたり現れ、河原に下りて来た。

「旦那様っ」

足音に気付いた佐兵衛が、槍を引き寄せた。

腰の合印《あいじるし》を見るまでもなく、村上《むらかみ》方の追っ手であった。

ふたりきりで動いているはずはない。近くには仲間の追っ手がいるのだろう。

「武田《たけだ》の残党か」右側にいた髭《ひげ》の兵が言った。

「違いますだ」半助が答えた。

懐《ふところ》にしまっておいた合印を見せた。

「これは、里田《さとだ》孫《まご》右衛《え》門《もん》様から頂戴《ちょうだい》したもんだ。おらんとうは武田のもんではねえだ」

左側の兵が背後の藪を顎《あご》で指した。

「この奥に百姓どもの死体があった。其《そ》の方らがやったのか」

「知らねえ」

「どうして脇差を持っている？　まさか、それも里田様からいただだいたと言う訳ではあるまい？」

「槍に付いているのは、血糊《ちのり》だな？」右側が佐兵衛と半助の身体《からだ》を見回した。「額に手に、背と腿か、手傷も負うている。訳を訊こうか」

「襲われたのだ」と佐兵衛が言った。

「仕方なかっただ。殺らなければ、殺られただ」

「そんなことはどうでもいい」右側が言った。

「襲われたのは、逃げようとしていたからであろう。武田の残党だな？」左側が言った。

「違う。おらんとうは背振《せぶり》村のもんだぁ」

「知らぬ名だ。聞いたこともない。その背振の者がどうしてここにいるのだ？」

「金剛寺《こんごうじ》村の助けに来ただ」

金剛寺村は、戸石《といし》城の山裾《やますそ》にあった。

「そこならば知っている。方角が逆ではないか。長の名は？　申してみよ」右側だった。「言えぬのか」

佐兵衛の槍を持つ指が白くなった。

駄目だ。止めるだ。刃向かっちゃなんねえだ。相手は屈強そうな兵がふたりである。無傷でもある。手負いのふたりでは、とても敵《かな》いそうになかった。

「お助けてくだせえ。見逃してくだせえ」

半助は脇差を鞘《さや》ごと抜き捨てると、手を突き、額を河原の石に擦《こす》り付けた。

「初めから正直に言えばよいものを」右側が言った。

「言ったら殺されると思っただ」

「それは、そうだな」左側が言った。

「どうしてくれようか」右側が言った。「手柄首《てがらくび》ではなさそうだしな」

「あの……」半助が、膝《ひざ》で躙《にじ》り寄りながら言った。「おらんとうの命を、売ってくだせえ」

「そう出たか」左側が言った。

「何か持っているのか」右側が訊いた。

「持っているだ」

「寄越《よこ》せ」左側が言った。

「売ると約定《やくじょう》してくれれば、直ぐに渡すだ」

「約定してやりたいが、ものによるでな」

「間違いないもんだ」

「よしっ、約定した」右側が言った。左側が頷《うなず》いた。

「ちっと待ってくりょ」

半助は立ち上がると、股引の紐《ひも》を解《ほど》いてずり下げ、褌の前垂れを持ち上げた。端《はし》が瘤《こぶ》に結ばれている。

半助は、結び目を解き、碁石金《ごいしきん》を二粒取り出して、兵らの掌《てのひら》にのせた。

「おうっ、おうっ」

兵らは声音を抑えて叫ぶと、佐兵衛を見た。

「そっちのも寄越せ」

「ねえだよ。それだけだ」

「嘘吐《うそつ》け」

「なら、見るがいいだ」

半助は佐兵衛の股引を下げ、褌の前垂れを取り出し、瘤になっている端を切って渡した。

右側と左側が争うようにして解いたが、中に入っていたのは小石だった。

「金はおらが持っていただけだ。おらんとうが、そんなに持っている訳がねえずら」

右側と左側は掌を見てから、行け、と半助に言った。

「この辺りには、俺たちのように駆り出された追っ手がうようよいる。早いところ、向こう岸に渡ってしまえ。こっちで見付かると、殺されるぞ」

「行くだ。渡るだ」

「そうしろ。今のところ、残党《ざんとう》探索の命《めい》はこちら側だけだからな。飯は向こうで作り直せ」

分かっただ。半助は礼を言い、脇差は持っていっていいか、尋ねた。

「それと槍を差し出せば、もう一回命を買い取れるかもしれぬからな。大切に持っていろ」

「ありがとうごいす。ありがとうごいす」

「其の方、名は何と申す?」

半助だと答え、兵の名を訊いた。

「それは言えぬ。万一にも其の方らが捕まり、金の粒を渡して逃げたのに、とでも言ってみろ。俺たちの首が飛んでしまうからな」

「訊かねえだ。何があっても言わねえけんど、訊かねえだよ」

「ならば、行け。俺たちも行く」

半助は腰が二つに折れる程深く頭を下げてから手早く鍋を洗い、寝筵を丸めると、着替えを入れた股引を高く掲げた佐兵衛の手を引いて川に入った。背負って千曲川を渡ることは出来ない。

「川は真横には渡れねえです。あの辺りを目指しますんで」と斜め川下を指した。

「何があっても、手を離さねえでくだせえよう」

それでも心配なので、互いの手首を褌で縛って結んだ。槍は半助が持った。底を探るためである。

「旦那《だんな》様は、なるべく着替えを濡らさねえように願いますだ」

流れに押され、よろよろと斜めに進む。槍で深さを探り、進む方向を決める。流れが足を運び去ろうとする。石に付いた苔《こけ》がふたりを倒そうとする。

「ここからが勝負ですだ」

半助は両足を踏ん張り、足指で石を摑んで、一歩ずつ川の半ばへと出た。佐兵衛が続いている。

槍で探る。底に届かない。

「ありっ」

「どうした？」

「深いですだ」

佐兵衛は川上と川下を見回し、どちらも深そうだ、と言った。

「さすれば、濡らすかもしれぬが、致し方あるまい。生きるためだ」佐兵衛が腕を持ち上げて言った。「碁石金は、まだ二個あるのだ。何とかなろう」

佐兵衛の碁石金は手当をした時、褌の先から傷に巻いた布に移していたのだ。

「では、流れに乗りますだ」

「乗れ」

深みにするりと滑り込んだ。佐兵衛も流れに乗ったらしい。手首がゆるやかに動く。

顔を上げ、佐兵衛を見た。佐兵衛も顔だけ出して、半助を見ている。

「着替えにお気を付けください」口を開いた途端、半助の顔が水の中に没した。

「おうっ」応《こた》えて腕を上げた佐兵衛の顔を水が洗った。

ごぼごぼという水音に包まれた後、互いが顔を上げた時、半助の足が川底の石に触れた。水を、石を掻《か》くようにして深みから脱し、佐兵衛の手を引いた。佐兵衛も深みを乗り越えた。

「着替えはどんな按配《あんばい》で？」

股引の包みを見た。底の方は濡れていたが、大半は無事だった。

「ありがてえですよう」

「何とかなるもんだな」

河原に向かって歩いた。水から抜けるに従い足がひどく重くなった。

「どこか藪に入って着替えたら、温かいものを作りますだ」

「頼むぞ」

河原を横切り、手近な藪に潜《もぐ》った。

草が生い茂り、開けたところがない。佐兵衛を乾いた小袖と褌と股引に着替えさせ、草を刈ることにした。寝るにしても、草を敷けば寝心地は格段によくなる。

「少し、待っててくりょ」

刈り終え、佐兵衛を見ると、震えている。額に手をやると熱い。熱がぶり返してきたのだ。寝かせ、木っ端《こぱ》を掻き集めて火を焚いた。残っている野良着《のらぎ》や股引などは半分水に浸《つ》かったりして濡れている。佐兵衛にもう一度着替えさせるためにも、上に掛けるためにも、また自分が着替えるためにも、濡れているものを乾かさなければならない。

火を焚き、周りの枝に野良着などを広げて干した。糒と干した青菜は川の水を吸ってふやけていた。

額の布を替えながら、粥を作ったら食べられるか、訊いた。

「食わねば保たぬからな。何としても食うぞ」

「それでこそ、おらの旦那様ですだ」

味噌で味を付けた糒の粥を作り、ふたりで食べた。佐兵衛は椀に半分程だったが、何とか食べてくれた。

寝て、起きたら、夜中でも、温めますで、また食うですよ。

佐兵衛は、乾いた野良着などを重ねて掛けて寝た。夜中に一度水をほしがった他は、小便《ゆばり》にも起きず朝を迎えた。

半助は膝を抱《かか》えて眠った。

残党

十月五日。早朝。

半助《はんすけ》が、手当をしようと佐兵衛《さへえ》の腿《もも》に巻いていた布を取ると、傷口は白くふやけ、ぱっくりと口を開けていた。鍋《なべ》を洗い、湯を沸《わ》かし、薬湯《やくとう》を作って飲ませ、残りを布に染み込ませて傷口に巻いた。

少しでも早く、僧医《そうい》に診《み》せなければ。半助は、荷をまとめながら手早く粥《かゆ》を作った。鍋の底で糒《ほしいい》がふっくらとふやけ、躍り始めた。

佐兵衛は温かな薬湯を飲み、落ち着いたのか、また眠ってしまっている。

起こすしかねえ。

旦那様《だんなさま》。呼び掛けようとした時、突然兵が現れ、半助らを取り囲んだ。兵は、三人いた。出《い》で立ちから、武将と近習《きんじゅ》と足軽だと分かった。荷は持たず、手足は血と泥で汚れていた。

「騒ぐな。騒ぐと殺すぞ」近習が言った。

足軽が短く切った槍《やり》を佐兵衛に突き付けている。

「もしや武田《たけだ》の御方《おかた》でございますか」

村上方《むらかみ》の追っ手ならば、騒ぐな、とは言わない。

「だったら、何だ？　殺してほしいのか」

「違うだ。違うだ」半助は顔の前で懸命に手を横に振った。「おらんとうも、武田の者でございますだ」

「何っ」武将が初めて声を出した。

「熊《くま》か。合い言葉でございます」

「鹿《しか》だ」

近習は笑みを浮かべると佐兵衛を見、こちらは、と訊《き》いた。

「おらのご主人様でございますだ」

「名は？」

「よい」と武将が言った。「訊くな。儂《わし》も言わぬ」

「はっ」

「見れば、深傷《ふかで》の様子。気の毒とは思うが、儂らが落ち延びるためだ。頂戴《ちょうだい》しろ」

近習は武将に頷《うなず》くと、

「持っているものを皆、寄越《よこ》せ」と半助に言った。

「渡したら、おらんとうの食うものがなくなっちまうだ」

「そんなこと、知ったことか」

「鍋と、味噌《みそ》と塩を幾分か残してやれ。その代わり、糒はすべてもらってゆくぞ。異存はないな。あったら、すべていただくことになるだけだぞ」

武将が言うと、足軽が膨らんだ股引《ももひき》の紐《ひも》を解《ほど》き始めた。

「殿」と近習が言った。「我らも着替えが入り用になるかもしれません。少し頂戴いたしますか」

「そうだな」

武将が鍋を見て、何か、と訊いた。味噌粥だと答えた。

「もらおうか」近習らにも、食べるように言った。

粥は瞬く間に三人の腹に消えた。

「其《そ》の方らは、また作れ。馳走《ちそう》になったな」

三人は河原を見回し、追っ手の有無を見届けると、素早く去って行った。

「旦那様……」

起こそうとすると、佐兵衛が目を開けていた。

「途中から聞いていた……」

「でしたら、起きてくだされば」

「武士の情けだ。野伏《のぶ》せりのような真似《まね》をしているのを見られたくはあるまいからな」よく我慢したな、と佐兵衛が半助に言った。「お声を聞いて分かった。猛将として知られた御方《おかた》だ。だが、人物ではなかった、ということだな」

「ひどい隊将様ですだ」

「人の器《うつわ》は、非常の時に分かるのだな」

済まぬが、もう一度作ってくれるか。食べたら出立《しゅったつ》しよう。

「造作《ぞうさ》もねえこってす」

半助は竹筒《たけづつ》の水を鍋に注《さ》した。糒は取られちまったから、蕎麦《そば》の実と青菜と干した魚の雑炊にいたしますだ。

「豪華になったのではないか」佐兵衛が笑ってみせてから、瞼《まぶた》を重そうに閉じながら言った。「出来るまで、横になっているぞ」

一眠りした後、佐兵衛が椀《わん》に一杯食べたことで、半助の気持ちは明るくなった。

荷物は鍋と股引に入れた僅《わず》かな食い物だけになったが、もう先は見えている。五里半（約二十二キロメートル）も歩けば、長窪《ながくぼ》城に着くはずだった。

佐兵衛を背負い、出立した。

川沿いの藪《やぶ》は、増水した時に上流から流れてきた石がそのまま散乱しており、歩くには難儀だった。万一にも足を捻《ひね》ったら、長窪城まで歩けなくなる。河原から離れ、藪の中を通っている獣道《けものみち》を歩くことにした。足許《あしもと》は楽になったが、人と出会う恐れがあった。前後に気を配りながら、足を急がせた。

どれ程歩いた時か、怒鳴り合う声と鋼《はがね》のぶつかるような硬い音が聞こえてきた。獣道から藪に入り、佐兵衛を寝筵《ねむしろ》に下ろし、音のする方へそっと向かった。千曲川《ちくまがわ》の方だった。

枝を折り、戻るための道標《みちしるべ》を拵《こしら》えながら進んだ。

石を蹴散《けち》らす音が大きくなった。追われているらしい。殿、と叫《さけ》んでいる声がした。先の近習の声だった。

ひどい倒れ方をした者がいた。駆《か》けて来て石につまずいたのだろう。誰《だれ》かが駆け寄っている。半助は藪の端《はし》まで進み、葉の間から覗《のぞ》いた。

半助らの食べ物を奪うように取っていった武将らだった。武将らの目を追うと、兵の姿が見えた。村上方の追っ手と思われた。ということは、川のこちら側まで探索の手が伸びたことになる。引き返そうとしていると、半助が潜《ひそ》んでいる目の前のところまで、武将が逃げて来た。動けば悟られ、巻き込まれてしまう。半助は慌《あわ》てて藪の中に這《は》いつくばった。

近習が、応戦しながら武将を助け起こしている。足軽の姿はなかった。恐らく、追っ手の手に掛かってしまったに違いない。

追い付いた追っ手が槍を繰り出した。穂先《ほさき》が武将の背に突き刺さった。おのれっ。叫んだ近習の腹に、二本の槍が刺さり、崩《くず》れ落ちた。

逃げようとした武将が、追っ手に取り囲まれた。逃げ場がない。喚《わめ》いている。四方から槍が突き出され、串刺《くしざ》しにされた。半助は声を上げないように、両の手で口を押さえた。

槍が抜かれた。追っ手の兵が、倒れた武将の首を斬《き》っている。なかなか斬り落とせないらしく、手間取っている。血で刀を持つ手が滑るのだろう。手と柄《つか》を川の水で洗い、また斬りに掛かっている。ようやく斬り終えたのか、歓声が上がった。

追っ手のひとりが武将の髪を持ち、ぶら下げた。

恨めしげな目をしている、と言って別の兵が顔を覗き込んだ。

そんなことより、首代をもっているはずだぞ、とまた別のが言うと、ひとりが急いで首をなくした武将の許《もと》に戻り、腹巻の鼻紙入れを探った。金子《きんす》を見付けたのか、掌《てのひら》に握り紋めて、皆の後を追っている。

兵らが見えなくなるまで待ち、取られた糒を奪い返そうとしていると、少し離れた藪が騒ぎ、百姓らが出て来た。八人いた。百姓らは、死体を取り囲むと、身包《みぐる》みを剝《は》ぎに掛かった。

持ち物は勿論《もちろん》、身に付けているものは褌《ふんどし》まで持ち去るのが戦場荒しである。首ありと、首なしの、丸裸の死体がふたつ残されただけだった。

半助はそっと音を立てないようにして下がり、河原から離れた。

佐兵衛を背負い、前を見て、後ろを見て、左右を見て、出来る限り急ぎ足で歩いた。休みは取りたくなかったが、背負って歩くには限りがあった。四半刻《しはんとき》（三十分）も歩くと、足は震え、手も棒のようになった。それを目安にして、藪に入り、寝筵の上に寝転ぶのだ。

佐兵衛に水を飲ませ、己《おのれ》も飲み、人の気配を探り、再び歩き出す。

それを三回繰り返したところで、水がなくなった。

千曲川の畔《ほとり》まで下りなければならない。

藪を漕《こ》ぎ、河原に人気《ひとけ》がないか調べ、竹筒《たけづつ》を抱《かか》えて、川の縁《へり》まで走り、水を汲《く》み入れる。

川幅が随分と広くなっていた。向かい側から姿を見咎《みとが》められたとしても、おいそれとは渡って来られないだろう。

風に乗って子供らの歓声が聞こえてきた。こんな時でも遊ぶのか、と目をやると、木に向かって何かを投げている。投げ終えると地べたを探し、拾ってはまた投げている。

的は木の枝に吊《つる》されていた。人であった。

両手首を縛られて吊されているので、身体《からだ》が真《ま》っ直《す》ぐに伸びている。武家ではなかった。百姓のようであった。

大人衆が子供らに投げろと言ったのか、それとも子供らが面白がって投げているのか。大人衆の姿を探したが、近くには見当たらなかった。

「惨《むご》いことを……」

子供らのはしゃぐ声が一際大きくなった。吊《つ》り下げられていた男が、子供らを蹴ろうとしたらしい。身体が大きく動いている。

止《や》めさせたいが、飛び出せば、大人衆に知らされるだろう。それに川を渡っている余裕はない。

済まねえ。許してくりょ。

心の中で詫《わ》びながら男を見詰め、それが権爺《ごんじい》であるのに気が付いた。上に伸びた腕に顔の半分が隠れていたので分からなかったが、身体が動いたために腕に挟まれていた顔が覗いたのだ。

「どうして、そんなところに？」

逃げ延びたのではなかったのか。

大柄な男の子の投げ付けた石が、権爺に当たったらしい。身体が揺れると同時に、歓声が上がった。

許してくりょ、許してくりょ。

半助は詫びの言葉を何度も唱えながら、佐兵衛の許に戻った。

「何かあったのか……」

佐兵衛に見たままのことを話した。

黙って聞いていた佐兵衛が、この苦しさ、このつらさ、この情けなさ、これが負けるということなのだ、と言った。

「戦は勝たねばならぬな……」

水を飲み、佐兵衛を背負って、再び歩き出した。

四半刻も歩かぬうちに、半助の手が濡《ぬ》れ、指がべとっと粘った。その感触は血だった。

佐兵衛をそろりと下ろすと腿に巻いた布から血が流れていた。傷口が裂《さ》けたのだ。

「直ぐに手当をいたしますで」

獣道である。長居は出来ない。傷口に布を当て、褌できつく縛った。

「後で薬湯を作りますで、今はこれで我慢してくりょ」

抱き起こそうとしていると、野良仕事帰りなのか、百姓の夫婦ものが、目の前で立ち竦《すく》んでいた。半助らがうずくまっていたので気が付かなかったのだろう。

「怪しいもんでねえ」半助は懸命に言った。「おら爺《じじ》いで、こっちは怪我《けが》して動けねえ。だから、何もしねえ」

ふたりは顔を見合わせてから、何してるだ、と言った。

「怪我がひどくて動けんで、休んでいただ」

「甲斐《かい》のもんか」男が訊いた。

半助は頷いてから、手を突いた。

「……見逃してくだせえ。こっちには」と佐兵衛を見て、「嫁っこもいれば、小せえ娘っこもいるだ」

頼むだ。頭を地べたに擦《こす》り付けた。

「あんた……」女が男の筒袖《つつそで》を引いている。

「そっちが何もしねえんなら、おらんとうもしねえ。行くがええ」

「ありがとうごいす」

仰《あお》いで見た男の背に籠《かご》があった。籠は背負子《しょいこ》に括《くく》り付けられていた。

「あっ」と半助が声を上げた。

「何《な》んか」男が訊いた。

「その背負子、売ってくりょ。お宝、渡すけえ、頼むから売ってくりょ」

ふたりが再び顔を見合わせている。

半助は佐兵衛の腕に巻いていた布を解き、碁石金《ごいしきん》を一粒手に取り、見せた。

ふたりは口を開けて碁石金を見詰めている。

「お願いしますだ」

ふたりが揃《そろ》って頷いた。

女が手を貸し、男が背負子を外し、縛り付けていた籠を取った。佐兵衛を腰板に座らせれば、腿の傷口に半助の腕が当たらずに済む。

夫婦に手伝ってもらい、佐兵衛を背負子に座らせた。佐兵衛に按配《あんばい》を訊くと、いい、と答えた。夫婦も、よかったと喜んでいる。礼を言い、夫婦と別れ、先を急いだ。背負子のお蔭《かげ》で、四半刻ごとの休みは取らずに済むようになり、ぐんぐんと距離を稼いだ。

暫《しばら》く行ったところで、半助が足を止め、振り返った。

「どうした？」佐兵衛が言った。

「妙な気配がするで、隠れるだ」

薮に入り、蔓《つた》を払い、枝を潜《くぐ》って、木陰に潜んだ。

足音が近付いて来た。駆けている。七、八人はいるだろう。ばたばたと獣道を通り過ぎて行った。先頭にいたのは、背負子を譲ってくれた百姓だった。

「よかった、なんて言ってくれていたのに、危ねえとこでやした……」

「……よく気が付いたな」

「おら、だんだん鼻が利くようになったのかもしんねえ」

「頼もしいな」佐兵衛は白い唇を震わせて小さく笑うと、百姓らが去った方を見遣《みや》って、あの者らも必死なのだ、と言った。「強い者が来たら逃げる。弱い者が来たら、奪って殺す。そうしなければ生きていけぬのだからな」

「こんな戦ばかりの世に終《しま》いはあるんでやすか」

「……いつかは、な」

「その頃《ころ》、おらんとうは？」

「……とても生きてはおらんだろうな」

「ありゃ。では、おらんとうは生きてる間中、負けたら、こんなことの繰り返しでやすか」

「……そうなるかもしれぬな」

「ありゃ、ありゃ、ありゃ」

佐兵衛が苦しげに目を閉じたので、半助は口を噤《つぐ》んだ。佐兵衛と半助は日が傾くまでその地に留《とど》まり、薄暗くなってから歩き始めた。

命

十月六日。

白々明《しらじらあ》けを待って起き出し、辺りを見回した。

夜中近くまで歩いたので、何も見えず、凡《およ》その見当で塒《ねぐら》を決めたのだが、間違ってはいなそうだった。どうやら千曲川《ちくまがわ》に流れ込む依田川《よだがわ》近くまで来られたらしい。

「ここまで来れば、残りは三里半（約十四キロメートル）。一歩きですだ」

火を焚《た》き、薬湯《やくとう》を作ったが、佐兵衛《さへえ》はほんの少し口を付けただけだった。雑炊《ぞうすい》は半《はん》助《すけ》ひとりが食べ、出立《しゅったつ》した。

程なくして依田川の畔《ほとり》に出た。後は川を遡《さかのぼ》ってゆけばいい。

依田川に沿って上りながら浅瀬を探していると、いつから気付かれていたのか、十人を超える百姓どもが湧《わ》いて出て来て、前と後ろを塞《ふさ》がれた。

「どこさ行くだ?」と白髭《しろひげ》を生やした老爺《ろうや》が言った。長《おさ》であるらしい。

「長窪《ながくぼ》に向かうもんですだ。悪さはいたしません。通してくだせえ」

「甲斐《かい》のもんだな?」

「……」

百姓どもは手に鍬《くわ》や鋤《すき》、鎌《かま》などを持ち、構えている。

「返事をせんか」白髭の右脇《みぎわき》の男が言った。

「そうだけんども……」

「構わねえ。ぶち殺せ」白髭の左脇の男が叫んだ。

一斉に間合を詰めた百姓どもに、待て、と白髭が言った。

「まず身包《みぐる》みを剝《は》がせ。血で汚れると始末が面倒だからな」

逆らったら、殺せ。掛かれ、と白髭が言った。

背負子《しょいこ》から崩《くず》れるように落ちた佐兵衛が蹴飛《けと》ばされている。助けに行きたかったが、
半助も身に付けているものを取られているので、近付けない。

「お願いしますだ。足に傷を負っているで、そっと……」

そこまで言ったところで、心張り棒のようなもので頭を叩《たた》かれた。

股引《ももひき》を逆さに振って中のものを取り出していた男が、脇差《わきざし》を見付けた。別の者が皆
に槍《やり》を見せている。

「他にはないか」右脇の男が訊《き》いた。

「もうないだよ」

「何かあるぞ」

佐兵衛の腕の布を触っていた男が言った。

「よく調べろ」

布が外され、碁石金《ごいしきん》がひとつ零《こぼ》れ落ちた。

「あっ」と取り巻いていた男どもが、口々に叫《さけ》んだ。

「こんないいもん隠してたぞ」

碁石金を、目の前に翳《かざ》すようにして見ている。

「他にないか調べろ」

半助が褌《ふんどし》を取られている間に、佐兵衛は腿《もも》の布と褌を取られた。

「ひでえ怪我《けが》をしているだぞ」

「面倒だ。川におっ放《ぽ》り込んじまえ」左脇が叫んだ。

四人の男どもが佐兵衛の手足を摑《つか》んで、持ち上げようとした。半助が咄嗟《とっさ》に走り出し、ひとりに組み付いた。佐兵衛が河原に落ち、呻《うめ》いた。

「待ってくだせえ。お願いだあ」

佐兵衛に覆い被《かぶ》さった半助の背を四人の男どもが蹴った。

「生ぬるい。ぶち叩け」

心張り棒が男の手に放《ほう》り渡された。棒切れや竹が次々に放られた。

「待ってくりょ」半助は腕で頭を庇《かば》いながら叫んだ。

「待てるか」ひとりが喚《わめ》いた。「お父《とお》が泣いて頼んだのに、武田《たけだ》は槍で刺しただぞ」

「おらの嬶《かかあ》は、串刺《くしざ》しにされただ。それも笑いながら、刺されただ」

「それが武田だ。おら、許さねえだ」

額が割れたらしい。血が顔に伝った。

突いた掌《てのひら》を叩かれ、指が折れて曲がった。

「叩くがいいだ。おらは我慢する。耐えてみせるだ。でも、ご主人様は叩かんでくりょ。今叩かれたら死んでしまうだ」

「ほざけ」

背に竹と心張り棒が飛んだ。背の皮が破けたらしい。叩かれる度に粘っこい音がした。

棒と竹の攻撃が止《や》み、おい、と呼ぶ声がした。

半助が恐る恐る顔を上げると、竹が叩き付けられた。前歯が折れて飛び、鼻から血が噴いた。笑い声が起こった。

また攻撃が止んだ。

「おいっ」呼ばれた。

顔を上げると、今度は心張り棒が当たった。あまりの痛みで、顔が痺《しび》れた。百姓どもが大笑いをしている。眉《まゆ》の辺りが斬《き》れたのか、血で右目が見えなくなった。

「もう止めるだ」白髭の声のようだった。「おらんとうが恨んでいるのは、もっと大物だ。こんな取るに足らんもんではねえ」

帰《けえ》るぞ。右脇か左脇か、それとも違う誰《だれ》なのか分からなかったが、誰かが言った。

河原の石に足音が響いた。

「待ってくりょ」

半助の口から、血の唾が糸を引いて垂れた。

「ご主人様を裸では連れて戻れねえ。褌をくだせえ」

「何だと」ひとりが石を投げ付けようと拾い上げた。

「くれてやれ」と白髭が言った。「あいつの分と二枚、くれてやれ」

「そんな。勿体《もったい》ねえ」

「殺されるかもしれねえのに、言っただ。あの根性は大《てえ》したもんだぁ」

褌が二枚放られた。

右手の指は三本が折られていたが、無事な親指と小指を使って、佐兵衛に褌を付け、腿の傷口に己の分の褌を巻いた。

依田川の水で目に入った血を洗い流し、口を漱《すす》いでから、佐兵衛を背負い上げた。背負子は取られてしまっていた。皮が破れた背中と、折れた手指がひどく痛んだが、お蔭《かげ》で気を失わずにいられた。

半助は川に入った。浅瀬を探すゆとりはない。佐兵衛が返事をしなくなったのだ。急がなければ。

川の半ばに達した時、向こう岸に小さな影が湧《わ》いた。子供たちだった。

子供らは、ずらりと横に並んで半助と、背に負われた佐兵衛を見ている。

ひとりが石を手に取り、投げた。

半助の手前に落ち、水が撥《は》ねた。

「殺《や》っちまえ」

という声に合わせて、子供らが石を投げ始めた。

「止めろ」

怒鳴った半助の額を石が打った。思わず、水の中に倒れ、佐兵衛を落としてしまった。佐兵衛の腿に巻いていた褌が解《ほど》けて流れたが、取り戻すことは出来ない。いいだ。もう直《す》ぐ着くだ。佐兵衛を抱き起こし、流れに身を沈めて背負い上げ、川上に向かった。

流れが足を絡《から》め取ろうとする。歩いた。

石が足に当たった。歩いた。

佐兵衛の背にも当たったらしい。鈍い音がして跳ね落ちたが、歩いた。

石を投げるのに飽きたのか、子供らの石が止んだ。

川を渡り切り、河原に上がった。膝《ひざ》から崩《くず》れ落ちたが、後ろ手に結んだ指は離さなかった。立ち上がり、歩き始めた。

額から流れ出た血が顔を染め、胸に落ち、そのまま足の先へと伝っている。

いつ切ったのか、足裏が痛んだが、構わずに歩いた。

折れた手の指は何も感じなくなっていた。ただ結んだ指の感触で、人差し指がぷらぷらと垂れているらしいことは分かった。皮だけで繋《つな》がっているのだろう。

歩いた。どれくらい歩いたのか分からなくなっていたが、歩いた。

「佐兵衛様」呼び掛けたが、返事がない。

背に感じる身体《からだ》の温《ぬく》みで、生きていることは分かった。生きていなされば、それでいい。

もう直ぐ長窪館《やかた》でございますだよ。佐兵衛に語り掛けた。

御新造《ごしんぞう》様、お花《はな》様、筍庵《じゅんあん》様。皆に話し掛けた。半助を褒《ほ》めてやってくだせえ。旦那様をお連れしましただよ。

筍庵様。教えていただいた万々が一の時に助かる術《すべ》、役に立っただよ。あれで敵も倒したし、褒美《ほうび》の碁石金ももらっただ。碁石金がなければ帰れなかっただよ。

思わず半助は声に出して笑ってしまった。

道が緩やかな坂道になった。これを上り切ると館に出るだよ。

ここまで来れば、もうこっちのもんだで。

帰りてえよ。早く帰りてえよ。

涙が出て来た。頬《ほお》を濡《ぬ》らし、血とともに顎《あご》で結んで腹に落ちた。

人差し指の皮が切れた。指が一本、ぽとりと落ちた。

痛みはなかった。落ちたことも、半助は知らなかった。

歩いた。夢の中にいるような、ふわふわとした歩みになっていた。

道が曲がる先で誰かが手招きをしている。

「誰だぁ？」

お花様だった。

「あれぇ、どうしてお花様がここに？」

お花様が口許《くちもと》に両の手を当て、何か大声で叫んでいる。

「何でございます？」

おしろ、おしろ、と叫んでいるような気がした。

「おら、お城に行くだか……」

城は館の後ろにあり、急な坂道を上らなければならない。お花様が頷《うなず》いた。

「無理ですだよ……」

首を横に振ったが、お花様がまた、おしろ、と言っている。

「分かりましただ。お城に行きますだ」

佐兵衛を揺すり上げた。中指の皮が切れ、垂れ下がったが、半助には分からなかった。

お花様は手招きをしながら、坂道を上ってしまっている。

「待ってくりょ……」

遠くで微《かす》かに喊声《かんせい》が起こっていたが、それは半助の耳には届いていなかった。

長窪城

目の前に繰り広げられる光景に、村上義清《むらかみよしきよ》は満足していた。

武田《たけだ》方の長窪《ながくぼ》城を攻めているのである。

それも武田晴信《はるのぶ》の軍を退散せしめての攻撃である。

これで二度までも、甲斐《かい》の武田を破り、追ったことになる。

「思い知ったか、晴信」

甲斐に留《とど》まっておればよいものを、信濃《しなの》まで掌中《しょうちゅう》に収めようとは、何たる強欲、何たる無謀、己《おのれ》の力を過信した天罰よ。うつけが。

甲斐勢を追い、五千に及ぶ兵を屍《しかばね》とし、今この時義清は、長窪城を攻め立てていた。

堅牢《けんろう》な城である。じりじりと寄せる兵に矢弾《やだま》の雨を降らせている。大手門を攻めるには、門前の急坂《きゅうはん》を上らねばならない。そこで矢弾の餌食《えじき》になるのだ。

「さても、どうしてくれようか」

床几《しょうぎ》に座り、戦況を仰《あお》ぎ見ていた義清の目に妙な動きをしている足軽が映った。

ぼろぼろの赤い小袖《こそで》を着た男が誰《だれ》かを背負って、戦場に入って来たのを、足軽のふたりが止めているように見えた。

「あれは、何だ？」と義清が近習《きんじゅ》に訊《き》いた。

問われ、初めて気付いた近習が、

「見て参ります」

馬に飛び乗った。馬丁《ばてい》が追った。

近習に足軽が懸命に話している。近習が刀を抜いた。足軽が止めている。

何を梃子摺《てこず》っておるのだ？

義清は城攻めをしている兵に目を転じた。攻め倦《あぐ》ね、膠着《こうちゃく》状態になっている。

「坂下まで、兵を下げよ」

義清の命が太鼓で兵に告げられた。兵らが下がると、城からの矢弾が止まった。

びゅう、と音がして風が渡った。埃《ほこり》が舞い上がり、戦場を吹き抜けている。

埃の中から近習が帰ってきた。

「武田方の小者《こもの》でございました」

「赤い小袖の者がか」義清が訊いた。

「あれは、小袖ではございませんでした……」

「何を着ていた？　早《はよ》う申せ」

血だった、と近習が言った。血達磨《ちだるま》になっているのでございます。

「何と」

義清が立ち上がり、まだよろよろ歩き続けている者を見た。

「主《あるじ》なのでしょうか。男を背負い、城に向かっているのでございます」

「向かっている？　我らが攻めているであろうが」

「周りの物音も聞こえておらぬ体《てい》にてございます。目もよう見えておらぬかもしれませぬ」

「馬を引け。儂《わし》が、この目で見てくれる」

義清は直ちに馬に乗ると、血達磨の男、すなわち半助《はんすけ》の許《もと》へと走った。近習が続いた。

義清だと気付いた足軽が、地に片膝《かたひざ》を突いた。

「構わぬ。立て。ここは戦場だ」

それよりも、と義清が足軽に言った。何があったか、申せ。

「この者が突然藪《やぶ》から出て参りまして、城に帰るのだ、と……」右側にいた髭《ひげ》の足軽が言った。

「武田勢と見ましたが、血だらけの姿を見たら、それも主らしき者を背負うている姿を見たら、とても殺せず、戦が終わるまで待つように、と諭《さと》したのですが、こちらの声が聞こえている様子もなく、困っていたのでございます」左側の足軽が言った。

このふたり、半助から碁石金《ごいしきん》をもらい、見逃した足軽であった。

「名は、何と申す？」義清が、半助に訊いた。

半助は答えようともせず、足をよろよろと前に出している。義清は半助の脇《わき》を横歩きする形になっていた。

「確か、半助と申しておりました」髭の足軽が言った。

「何ゆえ知っている？」近習が言った。

「藪から出て来た時、半助でございます、お通しくだせえ、と言ったのでございます」

左側が言った。

「その時は話せたのか」義清が訊いた。

「左様でございます……」髭の足軽の額から汗が噴き出し、流れ落ちた。

「ならば、まだ話せるはずだな」

「……と存じます」左側が答えた。

「半助、背負っているのは誰だ？」

半助の腫れ上がった口が開いたが、開いただけで声は出て来ない。血が涎《よだれ》とともに滴り落ちている。

「誰がやった、其《そ》の方らか」義清が言った。

まさか、現れた時には既《すで》に、このように。髭が懸命にまくし立てた。

「歯を折られているようだな」近習が言った。

半助の腫《は》れ上がった唇《くちびる》が動いた。

「何と申したのだ？」義清が足軽に訊いた。

足軽のふたりが、半助の両側に回り、耳を突き出すようにして聞いた。

「『ご主人様ですだ』と申した、かと……」義清に答えた。

また半助の口が動いた。

「何だ、何と申したのだ？」

「『帰るだ』と申しております」髭が言った。

「『甲斐に帰るだ』と聞き取れました」左側が言った。

「帰してやる、と伝えい」義清がふたりに言った。「攻め手の総大将が約定《やくじょう》したのだからな、これ程確かなことはないぞ」

「よろしいのですか」近習が訊いた。「この主なる者、我らの誰ぞを傷付けた者かもしれませんが、それでも帰してやれ、と仰《おお》せになられるのですか」

「そうだ」と義清が答えた。「この者を見てみろ」

割れた額からは、まだ血が流れていた。腕や胸にも傷があり、血止めをした形跡《あと》すらない。

主の傷を見たか、と義清が近習に言った。ひどく膿《う》んでいる。恐らく蛆《うじ》が湧《わ》き掛けているはずだ。此奴《こやつ》はもう武田でも、村上でもない。主を思う、ひとりの武士《もののふ》だ。望みを叶《かな》えてやるのが、同じ武士の道であろう。

頷き、近習が下がった。

半助の唇が震え、何事か呟《つぶや》いた。

帰る、と申しておるのであろう。言うてやれ。帰す、と。義清が足軽に言った。ふたりが言い聞かせている間に、大手門に続く急坂の麓《ふもと》近くに着いた。

風を切る音が起こった。城兵から矢が放たれたのだ。

義清らの四囲に刺さり、一本が半助の足に刺さった。

「待て」

義清が城兵に叫んだが、矢は次々に射《い》られている。

「取り敢《あ》えず下がれ」

足軽ふたりが両側から半助の腕を摑《つか》んで引いた。

「近くの者ども、よっく聞け」

義清が叫んだ。

「よいか。褌《ふんどし》を取れ」

辺りが静まり返った。取れ。取るのだ。義清が首に両手を回し、首に回していた結び目を解《ほど》き、股間《こかん》に手を入れ、褌を抜き取った。

兵らは呆気《あっけ》に取られながらも、命令である。それぞれが褌を取り、手に下げた。

「よしっ。城に向かって振れ」

義清が進み出て、褌を左右に振った。兵らも同じように振った。坂下にいる兵らが褌を振っているのである。

城からの矢が止まった。

「城中の方々に申し上げる。半助なる者が主を背負うて、この戦場を渡り、城に帰ろうとしている。我らは、半助なる者が城に入るまで一切手出しはせぬゆえ、門を開けてくれぬか」

「主とは誰か」城兵が問うた。

訊け。義清が近習に言った。訊け。近習が足軽に命じた。

足軽が尋ねたが、帰る、としか言わない。

「答えられぬ。もうその判断が出来ぬと見受けられる」

「ならば、門は開けられぬ。矢弾を受けぬうちに下がれ」

矢が射られ、義清の足許《あしもと》に刺さった。

「甲斐のたわけどもが」

義清は兜《かぶと》を取ると、顔を晒《さら》し、刀を近習に手渡した。

「儂の面《つら》を見ろ。村上義清だ。分かるか」

矢倉にいた兵が指差している。城の中がざわついた。

「この義清が、門前まで連れてゆく。もし疑わしくば、儂もろとも殺せ。分かったか」

「承知した」城から大声が降った。

「半助、行くぞ」

足軽が摑んでいた手を離した。

よろ、と半助の足が出た。

急坂に掛かった。

よろよろと長窪城に向かっている。石につまずいたのか、片膝を突いた。矢羽根が顔に当たった。歯で噛《か》み、引き抜いている。手を貸そうとした足軽を義清が止めた。

「手出しはならぬ。今、男が己ひとりの力で、主を背負い、帰還しようとしているのだ。邪魔するでない」

立て。半助に怒鳴った。

「もう直《す》ぐだ。ここで止まってどうする？」

立ち上がった半助が、顔を上げ、大手門を見上げ、地を擦《す》るようにして足を踏み出した。唇が動いた。

「お……はな……さま……」

「何と言った？」

足軽が、義清に答えた。

「お花様《はなさま》、とか……」首を捻《ひね》って見せた。「女人《にょにん》の名を……」

「女子《おなご》か。嫁御かの」義清が笑い声を上げた。「その執念《しゅうねん》だ。いや、魂消《たまげ》たの」

「お……ちちうえ……さま……を、おつれ……」

此度《こたび》は何と言ったのだ？

「お父上様をお連れ、した、とか申しましてございます……」

「父上と申したのか」

「左様でございます」

「父上となれば、花は主の娘の名であろうな？」

「そうなるか、と」

主殿の歳《とし》から察するに、花はまだ幼かろう。幼い娘の許へ主を帰そうと、此奴は命を張ったのか。義清は目頭が熱くなるのを俄《にわか》に覚えた。

「……おはな……さま」

半助の足が坂を上り切った。大手門が音を立てて開いた。

飛び出して来た兵らに支えられ、半助と佐兵衛が門内に消えた。

門から出て来た城将が、義清に頭を下げた。

義清も、答礼をし、

「真《まこと》の武士を見せてもろうた」

と言った。

「此度の戦、これまでといたそう。兵を退《ひ》く」

「承知つかまつりました」

坂道を下りながら義清が足軽ふたりに言った。

「儂の背に回れ。万一矢を射掛けて来たら、楯《たて》になるのだ。矢傷ひとつでも受ければ、褒美《ほうび》は弾《はず》むぞ」

「ありがてえ、でございます」と髭が言った。

「出来たら尻《しり》を狙《ねら》ってほしいもんでございます」左側が言った。

しかし、城からの矢弾はなかった。

城内に迎え入れられた主従であったが――。

佐兵衛《さへえ》が長窪城に詰めていた僧医《そうい》により一命を取り留めることを得た一方で、半助は翌朝亡くなった。享年《きょうねん》、六十二であった。

その後、雨宮《あまみや》佐兵衛は岩崎《いわさき》家を継いだ重三郎《じゅうざぶろう》に乞《こ》われ、岩崎家に仕えた。

花は二年後、庭に植えた信濃柿《しなのがき》の実がなるのを見る前に、病を得て没した。まだ九歳という幼さであった。

雨宮家は養子をもらい、武田家が没した後も徳川《とくがわ》家に仕え、幕末まで存続したという。

半助についての記録は、何もない。ただ、長窪城の大手門前の坂が半助坂と呼ばれていたことだけは、土地の昔話として言い伝えられていたらしい。由来を知る者は、もう誰もいない。

参考文献

『戦国の軍隊』西股総生著　学研パブリッシング　二〇一二年
『戦国軍事史への挑戦　疑問だらけの戦国合戦像』鈴木眞哉著　洋泉社　二〇一〇年
『戦国の城』小和田哲男著　学習研究社　二〇〇七年
『【絵解き】雑兵足軽たちの戦い』東郷隆著　上田信（絵）講談社　二〇〇七年
【絵解き】戦国武士の合戦心得』東郷隆著　上田信（絵）講談社　二〇〇四年
『戦国時代用語辞典』外川淳著　学習研究社　二〇〇六年
『たべもの戦国史』永山久夫著　河出書房新社　一九九六年
『考証　戦国時代入門　常識・通説とちがう乱世の生活』稲垣史生著　徳間書店　一九七三年
『図解　武士道のことが面白いほどわかる本』山本博文著　中経出版　二〇〇三年
『甲斐の民話』土橋里木編　未來社　一九五九年
『信濃の民話』「信濃の民話」編集委員会編　未來社　一九五七年

本書は、ハルキ文庫（時代小説文庫）の書き下ろしです。

時代小説文庫
は 5-15

もののふ戦記《せんき》 小者《こもの》・半助《はんすけ》の戦《たたか》い

著者 長谷川《はせがわ》 卓《たく》
2017年9月18日第一刷発行

発行者 角川春樹

発行所 株式会社 角川春樹事務所
〒102-0074 東京都千代田区九段南2-1-30 イタリア文化会館

電話 03(3263)5247[編集] 03(3263)5881[営業]

印刷・製本 中央精版印刷株式会社

フォーマット・デザイン&シンボルマーク 芦澤泰偉

ISBN978-4-7584-4119-3 C0193
http://www.kadokawaharuki.co.jp/[営業]
fanmail@kadokawaharuki.co.jp[編集] ご意見・ご感想をお寄せください。